Confissões de uma Garota linda, popular e (secretamente) infeliz

THALITA REBOUÇAS

Confissões de uma garota linda, popular e (secretamente) infeliz

Rio de Janeiro, 2025

Copyright © 2019 by Thalita Rebouças. Todos os direitos reservados.

Todos os direitos desta publicação são reservados à Casa dos Livros Editora LTDA. Nenhuma parte desta obra pode ser apropriada e estocada em sistema de banco de dados ou processo similar, em qualquer forma ou meio, seja eletrônico, de fotocópia, gravação etc., sem a permissão dos detentores do copyright.

ILUSTRAÇÕES DE CAPA	Isadora Zeferino
MONTAGEM DE CAPA	Julio Moreira | Equatorium Design
PROJETO GRÁFICO E DIAGRAMAÇÃO	Juliana Ida
IMAGENS DO MIOLO	Shutterstock

Dados Internacionais de Catalogação na Publicação (CIP)
(Câmara Brasileira do Livro, SP, Brasil)

Rebouças, Thalita

Confissões de uma garota linda, popular e (secretamente) infeliz / Thalita Rebouças. - 1. ed. - Rio de Janeiro: Pitaya, 2025. -- (Confissões; 3)

ISBN 978-65-83175-33-5

1. Romance - Literatura juvenil I. Título. II. Série.

25-247243   CDD-028.5

Índice para catálogo sistemático:

1. Romances: Literatura juvenil 028.5

Eliete Marques da Silva - Bibliotecária - CRB-8/9380

Editora Pitaya é uma marca licenciada à Casa dos Livros Editora Ltda.
Todos os direitos reservados à Casa dos Livros Editora LTDA.
Rua da Quitanda, 86, sala 601A - Centro,
Rio de Janeiro/RJ - CEP 20091-005
Tel.: (21) 3175-1030
www.harpercollins.com.br

PARA ELAINE, QUE ME FEZ VER E
ACEITAR OS MEUS VAZIOS.

SUMÁRIO

Capítulo 1	11
Capítulo 2	24
☆ Capítulo 3	27
♥ Capítulo 4	38
Capítulo 5	51
Capítulo 6	75
Capítulo 7	89
★ Capítulo 8	100
♡ Capítulo 9	107
Capítulo 10	118
Capítulo 11	134
Capítulo 12	141
☆ Capítulo 13	155

♥ Capítulo 14	164
Capítulo 15	172
Capítulo 16	189
Capítulo 17	198
★ Capítulo 18	208
♡ Capítulo 19	219
Capítulo 20	228
Capítulo 21	237
Capítulo 22	245
☆ Capítulo 23	252
♥ Capítulo 24	258
Capítulo 25	264

NOTA DA AUTORA

Oiê! Tudo bem?

O bullying sempre foi um tema que me intrigou. Nunca entendi direito como alguém consegue fazer mal para uma pessoa deliberadamente e, pior, sem motivo nenhum. No primeiro título da série Confissões, contei a história da Tetê e todo o sofrimento que a Valentina causou para ela. Depois veio o livro do garoto nerd, o Davi, mas a Valentina não saía da minha cabeça. Fiquei com vontade de conhecer o lado de quem pratica o bullying, do agressor. O que tem por trás de tanta maldade? Existe algo por trás? Então agora vocês vão conhecer a história da Valentina contada por ela própria!

Já passou da hora de entendermos que ninguém é 100% bom ou ruim — todo mundo tem suas próprias questões, dilemas e inseguranças. Todos cometemos erros e deslizes, a diferença é a forma com que lidamos com eles.

A história da Valen — e a de seus amigos e sua família — é cheia de reviravoltas, risos, surpresas e emoção. Espero que essa nova edição divirta vocês, traga reflexões e mostre que sempre há espaço para crescimento, mudança e diálogo.

Um beijo grande,
Thalita

Capítulo 1

NUMA MANHÃ DE CÉU BEM AZUL E TEMPERATURA PERFEITA, NEM muito frio, nem muito calor, acordei triste. Arrasada. Deprê. Péssima. Logo eu, que na opinião das pessoas em geral tenho todos os motivos para ser profundamente feliz, só por ser loira, popular, rica e também ter fama de linda. Justo eu, que (todo mundo pensa) levo uma vida de sonho, de conto de fadas. Mas a verdade é que não é raro eu amanhecer assim. E também não é raro eu ir dormir assim. Meu café da manhã naquele dia não ajudou em nada a melhorar meu estado de espírito, que deu mais uma caída quando minha mãe comentou com minha avó que eu iria fazer um curso. Mais um. Há uns anos, descobri que uma boa maneira de matar os pensamentos ruins que invadem minha cabeça é me distraindo, e a melhor distração para mim é fazer cursos, um jeito bom de conhecer universos diferentes do meu. Só que eu sempre recebo críticas em casa.

— Mas precisa fazer curso pra aprender a costurar? Vovó te ensina! — decretou a mãe do meu pai e dona da casa gigante e luxuosa onde moro com ela e meus progenitores desde sempre. — Aliás, eu já te ensinei quando você era menorzinha, lembra?

— A Valen está na idade de experimentar, dona Elvira, de testar as habilidades. Ela quer ser modista, então nada mais justo do que um curso de corte e costura! — argumentou minha mãe, sempre querendo que eu "amplie horizontes", como gosta de falar.

— Ela quer ser *modista*, Petúnia? É esse o futuro que a Valentina está imaginando? — disse minha avó, indignada.

— Não é modista, mãe! É estilista... — corrigi, enquanto desenhava no meu Moleskine.

Era nele que eu anotava tudo sobre moda e rabiscava vestidos que um dia eu sonhava fazer.

— Sinceramente? Não vejo a menor necessidade! — Vovó aumentou o tom de voz: — Essa menina não precisa fazer todo curso que aparece pela frente!

Lá vem... pensei. Minha avó sempre adorou implicar comigo, mas, verdade seja dita, foi com ela mesmo que aprendi a botar linha na agulha, a pregar botão, a dar ponto... Eu me lembro de sentar no colo dela e achar uma delícia aquele barulhinho da máquina de costura, e adorava quando ela sorria feliz por me ensinar uma coisa para a qual eu levava jeito desde pequenininha.

Infelizmente, da minha infância para cá, eu e ela nos distanciamos, muito por conta das brigas que ela tem com minha mãe. E comigo, por tabela. Mas, sério, as duas vivem discutindo. É muito duro todo mundo ter uma avó fofinha e a minha ser, assim... como é que eu vou dizer? Não fofinha. *Bem* não fofinha. É o velho clichê de sogras e noras... Essa briga rola não só em filmes, livros e séries, mas na vida real também, e ela é bem real na minha casa.

Só crescendo no meio disso pra saber. E, mesmo não sendo nora ou sogra, eu acabei sentindo na pele a rixa das duas mulheres mais importantes da minha vida.

— Mas isso não tem nada de mais, dona Elvira! — argumentou mamãe, tentando atenuar a gravidade que vovó estava vendo na situação.

— Ah, tem sim. Uma hora é workshop de *street dance*, outra é aula de culinária, depois imersão com fogo xamânico, outro dia vem com maquiagem de festa, aí inventa desenho de sei lá o quê... essa garota aprende de tudo, de colar unha gigante a respirar com uma narina de cada vez. Ah! Pelo amor de Deus! YouTube e Google estão aí para isso, por favor!

— Nada substitui a presença de um professor, dona Elvira! E Valentina gosta de ampliar os horizontes!

Olha aí! Não falei que minha mãe amava essa frase?

— Mas isso é um desperdício de tempo e de dinheiro. Ela não vai fazer nada com essa informação toda. Além do mais, ainda tem essa psicóloga, a que ela vai toda semana, que também ocupa um tempo enorme dela. Vocês não sabem dizer não para essa menina, Petúnia!

— A senhora é muito mão de vaca, Deus me livre! Deixa a garota estudar, aprender! É sua neta!

Olha o barraco aí, geeeente!

— Justamente porque eu não sou mão de vaca e quero garantir um futuro tranquilo pra ela que questiono as vantagens desses mil cursos. Será que valem mesmo a pena? Ou são uma grande perda de tempo e foco? Será que trazem respostas ou mais dúvidas à cabeça da garota?

Eu já desisti de intervir nas brigas das duas porque elas nunca param quando eu peço. As discussões surgem do nada, são intermináveis e as duas se exaltam bem mais do que deveriam. Resumindo, é o seguinte: a família do meu pai tem dinheiro, e minha mãe sempre diz que dinheiro não é para luxo, mas para trazer conhecimento e conforto, e por isso fica tão injuriada com a mesquinharia da minha avó.

Mas naquela hora eu não aguentei, tive que ser petulante porque, além de gongar meu curso, minha avó me chamou de *garota*. E eu odeio quando me chamam de garota. De menina tudo bem, mas *garota* não engulo. Sei lá, eu me sinto agredida, pelo menos com o tom de voz que minha avó geralmente usa para essa palavra.

— E se eu quiser continuar com minhas dúvidas e perguntas sem respostas, vó? Você acha que existe resposta pra tudo? — provoquei.

— Olha os modos, Valentina! — brigou mamãe.

— Valentina tem que estudar é na escola, onde, aliás, tem péssimas notas! Se ela não perdesse tanto tempo com essas coisinhas paralelas, tenho certeza de que iria melhor no colégio!

Vovó sempre fala umas verdades sem avisar. De repente, quando ninguém está esperando... *Vrá!* Vem com uma verdadona e dá na minha cara. Tudo bem que eu não tenho mesmo as melhores notas, mas precisa fazer isso?

— O colégio dela é puxado, dona Elvira, mas foi a senhora que insistiu para matricular minha filha lá desde pequena. — Mamãe partiu em minha defesa. — Eu nunca quis, mas fui voto vencido, lembra?

— Porque não queria neta minha em colégio de filho de artista, em escola molezinha...

O dia a dia na minha casa é mesmo muito harmonioso, como facilmente se percebe. "Pobre menina rica", alguns diriam se ouvissem isso sem saber o que se passava na minha cabeça. "Que vida horrorosa! Vai estudar e deixa de pensar besteira", "Rico, quando não sabe o que fazer, inventa um problema." As pessoas pensam assim e acham mesmo que quem tem grana não pode ter problemas, não pode ficar triste, não pode ter depressão. Sendo adolescente, então, é sempre um drama, um exagero. Sendo bonita, como falam sobre mim, é pior ainda.

Eu preciso fazer uma confissão: nunca foi fácil ser eu. Você pode até pensar, com um quê de impaciência e uma boa dose de deboche (e já digo logo que entendo super, tá?): "Ah! Ser loira, popular, bonita, rica e invejada é realmente péssimo! Ter mais de setenta pares de óculos escuros deve ser terrível. Ouvir a todo momento o quanto você é linda, idem. Ter tudo o que deseja, a qualquer instante, e ainda ser o *crush* de dez entre dez garotos é, com toda certeza, um martírio... Viajar para o exterior duas vezes por ano e ficar nos melhores hotéis é, sem sombra de dúvida, uma coisa pavorosa. Ó-meu--Deus-coi-ta-di-nha!".

Já disse, eu entendo que você pense assim. Mesmo.

Só que minha vida não é o sonho cor-de-rosa que parece ser. Nunca foi. E eu sei que acreditar nisso deve ser bem complicado para quem me acompanha nas redes sociais e convive minimamente comigo. Mas eu sei bem o que sinto e o que acontece dentro de mim. E já estou acostumada com críticas e deboches, porque com o tempo entendi que as pessoas não têm paciência com quem sofre para dentro e aparentemente "sem motivo". Pelo menos... as *minhas* pessoas.

De repente, a discussão sobre meu futuro foi interrompida por um barulho de abrir e fechar portas e meu pai surgiu em meio a empregados segurando pacotes e correndo para ajeitar bagagens. Fiquei tão feliz que até esqueci a briga que estava rolando. Meu pai tinha chegado de uma viagem depois de vinte dias fora de casa e eu estava roxa de saudades dele. Saí correndo para abraçá-lo, e ele retribuiu com um aperto gostoso e um grande sorriso.

— Que bom que você chegou, pai!

— Oi, meu amor! Que saudade!

Depois de me abraçar, ele cumprimentou a vovó e a mamãe com um beijo na testa, e foi lavar as mãos para se juntar a nós no café da manhã.

— Muito trabalho, João? — quis saber mamãe.

— Sempre. Muito. Mil problemas para resolver, mas boas perspectivas...

— Agora você vai sossegar um pouco sem viajar, né? Poxa, o ano mal começou e você não para, tá sempre pra lá e pra cá! — disse minha mãe, com um tom um tantinho agressivo.

— É... vou mais ou menos... na semana que vem eu...

Minha avó interrompeu, tentando evitar a nuvem pesada de mal-estar que já se formava no horizonte.

— Você nem parece cansado, filho! Dormiu no avião? Tomou a melatonina que eu te dei?

— Obrigado, mãe. Dormi feito um anjo.

Nesse momento, Maria, nossa cozinheira maravilhosa, entrou no recinto e salvou a situação, mudando o assunto da conversa com um reluzente pudim que colocou no centro da mesa.

— Ah, Maria! Que delícia! Pudim de chocolate! Você nunca falha em fazer nos dias que eu volto de viagem!

— É, doutor João, o senhor merece! Trabalha tanto! Licença... — falou ela sorrindo e já saindo para a cozinha.

— Você é o xodó dela, João. Impressionante. Nunca vi mimar tanto alguém... — comentou minha avó.

— Ah, também quero um pouco, pai, passa para mim? — pedi, animada com a chegada dele e me permitindo uma colherada do meu doce preferido do mundo todo.

De repente, minha mãe manda, do nada, com ar de repreensão, o seguinte petardo:

— Ô, Valentina, não tem muito pudim nesse prato aí, não?

Olhei para a fatia *mirrada* do doce no meu prato e fiquei confusa, porque, de verdade, era uma quantidade bem pequena.

— Deixa a menina, Petúnia! Vamos comemorar por estarmos juntos hoje depois de todos esses dias! — reclamou meu pai. — Come, meu amor. Você é muito nova pra se preocupar tanto com a aparência.

— Mas ela se preocupa! E tem crises e mais crises de choro por engordar, por não caber mais nas roupas, por se achar acima do peso que gostaria de ter!

O discurso da minha mãe tocou em uma ferida muito dolorida que eu tenho. Essa coisa de engordar é um assunto muito difícil e delicado para mim. Aliás, toda questão de aparência sempre foi um problema enorme na minha casa, e só eu sei o que acontece e o que enfrento desde bem pequena.

Vou tentar fazer um resuminho dos meus 17 anos de vida neste planeta azul como meus olhos. Pois é, eles têm um tom bonito, mais escuro, profundo, e essa cor chama tanto a atenção que acho que ninguém repara em como eles são caídos e tristes. Tipo os da Lady Di, aquela diva maravilhosa e mãe do príncipe Harry (sempre amarei Diana por isso), mas dez vezes mais caídos e tristes que os dela. Eu fui um bebê lindo e fofo, e os olhos que eu falei eram duas bolas brilhantes. Na minha opinião, todos os bebês nascem com cara de edredom amarrotado embolado no chão. Todos! Menos o baby-eu. Eu era um bebezinho nível realeza inglesa (olha a Lady Di aí de novo!), uma co-i-sa, com nariz perfeito, dobrinhas fenomenais, covinhas certeiras, sorriso contagiante e uma bochecha muito carismática, ou seja, a criatura mais linda, adorável e fofa do mundo dos nenéns. O "fofa" é muito importante na minha descrição, e você já vai entender por quê.

Ao longo dos anos (e isso não é nada fácil de admitir, que fique claro), fui ficando mais bonita e menos fofa. Continuava fofa do lado de fora, mas não tanto do lado de dentro, onde fui me tornando cada dia um pouco mais amarga, mesmo sem saber o que era isso durante uns anos.

E a verdade é que eu não fui uma garota legal para as pessoas em geral. Ponto.

Desde sempre, todas as meninas só pensavam em ser minhas amigas porque eu era popular. E toda aquela atenção que eu recebia começou a encher meu ego de uma maneira muito complicada, e, por mais que eu quisesse lutar contra aquela sensação de "poder", de rainha da zorra toda, mais eu gostava de ser o centro das atenções e de ser paparicada. A palavra é essa mesma: paparico. Eu sou paparicada desde o berço, e isso pode ser ótimo, mas uma tortura também. No meu caso... foi uma cilada.

Mas como paparico em excesso pode ser uma cilada? Às vezes, paparico não é exatamente carinho e afeto, mas um disfarce para outra coisa. Por vezes, é puro fingimento. A gente sente quando acontece, quando paparico é interesse ou algo diferente, e isso machuca. E machuca silenciosamente.

Quando pousei na adolescência (pousei mesmo, já que eu sempre me senti meio flutuante, um degrau acima de todo mundo, soberbinha, eu e meus óculos escuros que não permitiam que ninguém visse meus olhos), geral entrou numa de me achar linda, tipo uma mistura de Marina Ruy Barbosa com Alice Wegmann, como diziam os mais novos. Uma Charlize Theron com Monica Bellucci, como diziam os mais velhos. Embora eu não acreditasse, todos acreditavam.

Não bastasse essa beleza que todo mundo via, as coisas simplesmente davam certo para mim: colégio (mesmo com notas não tão boas, sempre passo direto), amigos, esportes, garotos, sonhos que se realizavam sem muito (ou nenhum) esforço... Na escola, eu era a mais desejada, mas por dentro... eu me odiava! Ódio é uma palavra fortíssima, eu sei, mas estou usando com propriedade. Eu me odiava real, tipo querer fugir de mim, existir em outro corpo, sabe? Tomara que não saiba! Porque é uma agonia que não desejo nem para o meu pior inimigo. É assustador você se olhar no espelho e se ver completamente fora do padrão. Eu, que para todo mundo era perfeita, me via como o retrato da imperfeição, disforme, feia, com cara de cavalo. Cara de cavalo num corpo desproporcional.

Lembro da sensação de me olhar no espelho aos 14 anos, fixamente, detalhadamente. Eu me sentia incompreendida, e era evidente que todos estavam loucos, menos eu. E nunca entendi por que as pessoas me achavam bonita. Até o Erick me achava bonita. "Você pode me passar o ketchup?", pediu ele, que já era o mais lindo e gente boa da escola, durante o lanche na cantina, cinco anos atrás. E emendou: "Caraca, como você é bonita! Eu sou o Erick, e você?" "Valentina", foi só o que consegui dizer. Na verdade, eu queria ter dito: "Como assim você me acha bonita? É míope?", mas que bom que eu não falei, e que bom que ele disse em seguida: "Como eu não te conheci antes?". Pouco depois, estávamos namorando, felizes e apaixonados.

Mas voltando ao espelho e ao meu senso crítico, eu só me achei bonita até uns 9 anos de idade. Quando completei 10, já me sentia um orangotango tamanho GG e não tinha mais o paparico que eu gostaria dos meus pais, que pareciam ter perdido o interesse em mim na fase em que dei aquela enfeada básica que a gente dá quando está crescendo. Resumindo, eu era um mico, em todos os sentidos. To-dos. Elefanta da canela fina, peito de pombo, pança molenga, cabelo errado, rosto de quem acabou de acordar, boca boba, nariz de sanfona, mãos estofadinhas e braços muito mais longos do que deveriam ser.

E era assim que eu me enxergava no espelho e me odiava. Mas eu não era a única a me odiar. Muita gente me odiava e muita gente me odeia, e quer saber? Eu fiz por onde.

Parece mentira e cena de filme clichê, mas a mais bonita da escola sempre se sentiu a mais feia do mundo por fora e mais ainda por dentro. A mais bonita da escola se acha um equívoco, um arroto de urubu. E quanto mais os anos passam, mais "defeitos" eu percebo no meu reflexo e nas minhas escolhas, porque parece que eu faço tudo errado.

Por tudo isso, e com a "incrível" ajuda da minha mãe, acabei ficando obcecada e toda preocupada com a aparência, com ser sempre magra, linda e elegante e tal, para tentar alcançar um padrão pelo menos aceitável. Eu luto o tempo todo para me encaixar nesse padrão e nunca acho que estou bem o suficiente, que sou adequada o suficiente. Minha mãe é linda, magra, elegante, adora fazer de tudo para ficar maravilhosa, e faz mesmo: todos os tratamentos, todos os cosméticos, todos os exercícios, todas as comidas fit e saudáveis. Ela é assim. Sempre foi.

Mas eu, não.

Eu tenho facilidade pra ganhar peso, odeio academia e conseguiria comer fritura todos os dias da minha vida. Para mim é uma luta. Eu nunca vou ser como ela, em nenhum sentido. Minha mãe nem desconfia, mas isso é assunto de muitas e muitas sessões com a minha psi, a Elaine, que, ainda bem, é uma fofa. Ela foi indicação do terapeuta da Tetê, que estuda na minha escola e, ao contrário de mim, sempre foi bem resolvidíssima com o peso dela.

Meu pai tentava sempre me defender dos ataques maternos à minha autoestima, mas, naquele café da manhã já infeliz, as coisas se complicaram ainda mais.

— Coitada, Petúnia, tenho certeza de que não é tão grave assim, nunca vi a Valentina tendo crise por conta de pes...

— Você diz isso porque nunca vê as crises da sua filha, João! Você nunca vê, claro, porque nunca está aqui...

— Mãe, por favor, não vamos brigar — pedi, tentando acabar com aquela tortura.

Mas foi em vão.

— O que você está insinuando? Que eu não dou atenção aos problemas da minha filha?

— Insinuando? Acho que deixei bem claro que é exatamente isso que você faz. Se pelo menos estivesse mais presente, né...? Mas não, você não para em casa, e este ainda por cima é ano de vestibular e...

— Parem com isso! — tentou minha avó. — Não adianta nada ficar brigando agora. Tivessem pensado nisso antes de ter filho com o estilo de vida que vocês levam. Vocês eram muito novos quando Valentina nasceu, nenhum dos dois queria filh...

— Mãe!! — gritou meu pai.

— Dona Elvira!! — ecoou minha mãe.

— Desculpa, Valentina, querida... não foi isso que a vovó quis dizer — meu pai tentou consertar.

— Mas disse, né? — falei. — Nenhum dos dois me queria. Eu sei que eu fui um acidente, vó, não precisa me lembrar disso toda hora.

Pronto. Torta de climão. Mais uma vez. Era a rotina da minha vida.

Sim, eu já sabia. Sou fruto (um dos vários que existem espalhados por aí) do tal coito interrompido. Aquele em que quase toda menina, burramente, um dia acredita. O Papai Noel do reino sexual. O coelhinho da Páscoa da vida adulta. "Tá tudo sob controle, é só fazer direito que você não engravida", dizem os caras. Nove meses depois, nasce uma criança como eu, não desejada, mas que acaba sendo gostada, porque né? Como não amar bebês? Ainda mais eu, então, que era *o* bebê lindo...

Aquela refeição já tinha virado um inferno. Mas era sempre assim. Toda vez rolava um barraco à mesa, por menor que fosse. O chato é que a minha avó não me deixava comer no quarto, onde eu poderia evitar tudo aquilo. Qual era o problema? Que necessidade temos de fazer as refeições todo mundo junto se sempre acaba em uma briga sem fim? O que era pra ser uma comemoração de boas-vindas em família virou um furacão de ofensas que me fez levantar e ir para o quarto terminar meu pudim sozinha.

E ninguém notou.

E o pudim pesou tanto que precisei vomitar. Mas não foi só o pudim, foi todo o mal-estar daquela manhã. Eu disse: não é nada fácil ser eu.

MODISTA E ESTILISTA

MODISTA, segundo o dicionário on-line que catei, é o profissional que "desenha e confecciona roupas femininas ou que dirige um ateliê de costura para senhoras". Atenção para a palavra senhoras, achei cômico, minha mãe está oficialmente velha.☺

ESTILISTA é aquela pessoa que cria estilos, seja no campo da moda, da confecção de móveis, da literatura etc., mas nos últimos tempos o termo é mais utilizado (e conhecido) para a moda mesmo. É quem que tem o dom de transformar sentimentos em roupas, em acessórios, em uma coleção, em um conceito. Trabalhar com moda virou um negócio lucrativo, e só no Brasil ela movimenta centenas de bilhões de reais por anoooo! É grana pra caramba! Algumas coisas que eu gostaria de criar como estilista:

cropped

cintura alta

jeans

algodão

Capítulo 2

— POSSO ENTRAR? — PERGUNTOU MAMÃE, COM UM PÉ DENTRO DO meu quarto.

— Já entrou, né?

— Filha, não precisava levantar daquele jeito da mesa... Seu pai tá com a gente...

— Então por que você criticou tanto ele no meio do café da manhã? Por que encheu meu saco por causa do meu doce preferido?

— Porque eu zelo pelo seu bem-estar, Valentina.

— Sabe o que me dá bem-estar? Batata frita. Eu podia passar dias mergulhada...

— ... em um balde de batata frita. Eu sei, filha. Mas já expliquei que batata frita tem um monte de calorias e sal. E sal faz inchar!

— E daí? — questionei, irritada.

— E daí que depois haja drenagem linfática pra secar. Não é chatice, é amor, filha. Eu me preocupo com você. O mundo não é legal com os gordos.

— Ai, mãe, que frase horrorosa!!

— Ah, Valen! Eu só penso no seu bem!

Apesar de bastante equivocada às vezes, minha mãe é mais legal que minha avó. Pena que vive ocupada fazendo as mil coisas de dondoca que ela faz e se preocupando obsessivamente com a aparência. Pensa em um tratamento estético qualquer, do mais barato ao mais caro, do mais antigo ao mais novo, do mais tranquilo ao mais dolorido. Ela já fez. E já colocou e tirou tudo o que podia e o que não podia na cara e no resto do corpo. Mas é feliz assim, não julgo.

Ah, julgo sim.

Julgo mesmo. Estou querendo enganar quem? Acho inacreditável o tempo — e o dinheiro — que minha mãe perde com isso. Já falei mil vezes, só que não adianta. Mas, apesar de discordarmos em muitas coisas, somos parceiras. Quando ela está em casa, óbvio.

Pais têm defeitos, e é duro descobrir isso, porque até uma certa idade eles são sinônimo de perfeição. Só que, com o tempo, a gente percebe as falhas que eles têm e que antes eram totalmente invisíveis. Foi bem difícil lidar com o fato de que meus pais não são os super-heróis que eu achava que eram.

Apesar de alguns lapsos e da pressão em relação à minha aparência, que é o que ela faz com ela mesma, minha mãe é do bem, e eu gosto de ver como ela se esforça para fazer o melhor por mim. Entretanto, não posso dizer que dona Petúnia seja uma pessoa carinhosa. Ela não prima pela ternura, se é que dá para entender, e não é muito de abraço, e eu sempre me ressenti um pouco disso. Um pouco não. Muito. Muito mesmo. Em vários momentos da vida, eu me senti extremamente sozinha na minha casa imensa. E naquela manhã complicada, acho que o que eu precisava era só de um abraço. Então, sem mais nem menos, soltei a pergunta:

— Mãe, por que você não me abraça?

— Como assim, eu não te abraço? Que absurdo! — reagiu ela, fazendo a magoada.

— Qual foi a última vez que você me abraçou, mãe?

— Ué, ontem mesmo.

— Dar tapinhas no meu braço enquanto eu te abraço não é exatamente um abraço, mãe.

— Ô, filhota, vem cá... A família da mamãe nunca foi de se abraçar e se beijar. Vou mudar isso, vem cá me dar uns apertos, vem, minha bebezuca.

Eu fui. Aperto de mãe... Quem não quer?

— Abraço sim, mas bebezuca não, tá? Bebezuca nunca, entendido?

— Entendido.

Não foi lá um grande abraço, como sempre, mas foi melhor que nada. Minha mãe tem seu jeito peculiar de demonstrar que gosta de mim. Ela elogia minha boca para as pessoas. Sim, é uma coisa engraçada, mas ela tem orgulho dos meus dentes. "Essa menina não tem uma cárie!", costuma dizer, toda cheia de si. Fala isso pra todo mundo nas reuniões que rolam desde sempre na minha casa, com jantar e tal. Todas de trabalho, só para ficar claro. Eu me lembro de pensar, do alto dos meus 5, 6 anos: "Essas pessoas não têm o que comer na casa delas? Vão para casa, deixem meus pais só pra mim!". Meu pai anda solto por aí, trabalhando feito um condenado. E ela... Bom, ela abandonou uma carreira promissora para cuidar de mim. E não se arrepende.

Minha mãe não é carinhosa, mas eu sempre busquei motivos para admirá-la. Quando eu tinha 12 anos, aprendi a bordar e fiz pra ela um quadrinho bordado escrito: "Nem toda heroína usa capa, flutua ou tem poderes especiais. Obrigada por ser a minha heroína, mãe." Pus em uma moldura e dei de presente. Ela chorou muito. Gosto de pensar que puxei mesmo minha mãe nesse lado vencedora dela. Só é difícil a questão toda da aparência... e dos abraços, do afeto. Mas que família é perfeita?

Capítulo 3

NOS ÚLTIMOS DIAS, LAÍS PARECIA OBCECADA E FALAVA O DIA inteiro no meu ouvido sobre o mesmo assunto. Naquela manhã, enquanto bebíamos água no intervalo entre uma aula e outra, ela foi categórica:

— Vai experimentar, por favor?! Você não vai se arrepender! Eu não ia insistir tanto se não tivesse certeza que você ia amar. Você *vai* amar! Anda, nunca te pedi nada!

— Ah, pediu sim! — fiz graça. — Cara, Laís, na boa, você tá mais que insistente, tá psicopata. Só fala nesse curso.

— Claro! Imagina que demais nós duas juntas fazendo aula de teatro? E a galera é tão top! Tem o Geleia, que é o engraçado da turma, tem o Doctor, um estudante de Medicina que quer perder a timidez, o Levy, que faz Arquitetura, ou é Direito? Ah, nem sei. Bom, mas ele ama teatro e resolveu experimentar o curso, e tem também a Rebecca, que é a zen da galera...

— Ai, minha avó vai me matar se eu me matricular em *mais um* curso!

— Mata nada! Sua avó reclama, mas não faz nada. Cão que ladra não morde.

Respirei fundo e soltei o ar pela boca com expressão de tédio.

— Não faz essa cara, Valen! Deixa de ser chata, bora! Depois você vai me agradecer e se perguntar por que não foi antes. Eu não insistiria se não fosse incrível.

— Mas fazer teatro na mesma turma da Samantha?

— Ué, o que é que tem? Ela namora seu ex, e daí? Você não trabalha com civilidade, não?

— Ai, grossa! — reclamei.

— E tira esses óculos porque eu quero olhar no seu olho enquanto falo com você!

Laís nunca teve paciência pra minha mania de óculos escuros. Eu amo. A claridade machuca minha vista, não é frescura, é fotofobia mesmo.

— Palhaça — falei rindo. — Laís, eu até iria se tivesse vontade de ser atriz, mas tenho zero vontade. Você sabe que a minha praia é moda, é bastidor.

— Eu também não tenho a menor pretensão de ser atriz, Valen. Entrei pra me soltar, pra me comunicar melhor, pra me fazer entender melhor.

Como é que eu podia escapar daquela roubada? Mais um curso significava mais um sermão da minha avó, ainda mais em ano de vestibular. Mas, por outro lado, seria mais tempo fora de casa e de toda a tensão que mora nela.

— E se a minha memória não servir pra decorar texto?

— Que decorar texto? Texto é só no fim do curso! Agora estamos na parte dos jogos e cenas de improvisação. Vamos! Você vai amar! E é do lado da sua casa!

E nada mais foi preciso. Passar uma hora e quinze usando a criatividade pra improvisar, inventar cenas, fazer exercícios divertidos e ainda conhecer gente nova estava longe de ser uma ideia ruim. Mal não ia fazer, né?

— Depois eu te ajudo a decorar o texto pra peça de fim de ano — incentivou Laís.

— Ah, não sei se duro até o fim do ano, Laís. Deixa ver como flui — retruquei, sincera.

Era tudo muito novo pra mim, eu nunca tinha feito teatro na vida. Quer dizer, só na escola, mas eu mais faltava que ia.

De repente Samantha, Zeca e Davi se aproximaram do bebedouro em que eu e Laís estávamos.

— Oi, Samantha, sabia que vamos ter uma nova participante no nosso curso de teatro? — anunciou Laís em alto e bom som.

— Jura? Você, Valentina? — questionou Samantha.

— É... — respondi meio sem jeito, sabendo que a Laís tinha falado mais para que meu compromisso já ficasse "público" e eu não tivesse muito como voltar atrás.

— Ah, legal! E do jeito que você é, daqui a pouco vem um diretor e te chama pra fazer um filme! — exclamou Samantha.

— Fazer? Fazer só não, amor. Protagonizar! — pontuou Zeca. — Do jeito que tudo dá certo pra essa aí, ela começa a fazer teatro e no ano seguinte tá ganhando prêmio e virando estrela de cinema ou de série. Valentina Insuportavelina brilhando em Hollywood, já pensou?

— Para de me chamar assim, Zeca! Eu mudei, você sabe!

O Zeca é capaz de matar a gente de rir nas horas mais inusitadas e falar as maiores verdades de um jeitinho meio agressivinho disfarçado. O tal do passivo-agressivo.

— É, Zeca, poxa! — cortou Davi, o sempre nerd e fofo da turma, me defendendo. — Eu prefiro Arrogantina e Fedentina. Fedentina é fenomenal!

Ok, ele não estava me defendendo, muito menos sendo fofo.

— Para, genteeee! — pedi, rindo dos apelidos medonhos que ganhei deles no passado, disfarçando a tristezinha que batia toda vez que eles insistiam em trazê-los à tona.

Sei que muita gente ainda não confia plenamente em mim. Mas a vida é assim, né? Confiança é que nem cristal, quando quebra não volta mais de jeito nenhum. Mas acho que todo mundo merece uma segunda chance. Até eu.

— Desculpa, Valen, é mais forte que eu! — admitiu Zeca.

— Tá bem, agora vamos mudar de assunto, por favor! — insisti.

— Tá, então conta, Laís, vai todo mundo pelado nesse curso? — questionou Zeca.

Oi?

— Claro que não! Tá maluco?! — estrilou Laís, bem chocada.

— Ué, teatro é geral pelado, geral desnudando o corpo e a alma pra encarnar personagens e vestir novas personalidades.

— De onde você tirou isso? — perguntou Samantha.

— Da vida. Sou muito vivido, Samy — respondeu ele, matando a gente de rir.

— Te amo, Zeca! — declarou Samantha, rindo.

— O que é que foi? Sou vivido mesmo! E já namorei gente mais velha, o que faz toda a diferença na vida de um ser humano de 17 anos. Portanto, amor, respeita meu conhecimento sobre tudo e todos, tá? — discursou ele, com aquela cara esnobe e debochada que todo mundo ama.

Sem contar para minha avó que eu estava matriculada em mais um curso, lá fui eu para minha primeira aula de teatro. Confesso que fiquei tímida. A gente teve que improvisar uma cena meio forte. A turma sentou no chão e o professor, Caíque, jovem e todo descolado e desconstruído, parecendo muito experiente no assunto, já foi logo falando o exercício do dia, que para eles devia ser rotineiro, mas para mim era uma grande novidade.

— Seguinte, turma — começou Caíque. — Eu vou dividir vocês em grupos. Cada grupo vai representar a família, os amigos e as esposas dos pescadores que estão voltando para casa depois de uma tempestade no mar. Quero ver a angústia, o medo de não saber se seu parente vai voltar ou não, beleza? Alguma dúvida?

Olhei em volta e todo mundo estava com o ar mais tranquilo do mundo, mas eu era *a* perdida. Levantei a mão.

— Fala, querida.

— Tem que chorar? — perguntei, com medo de não dar conta.

Poxa, na minha primeira aula já era coisa de choro?

— Chora se o choro vier, mas nada de forçar. Quero sentir a coisa *orgânica*, fluida... Quero ver a dor nos olhos de vocês.

Não tinha a mínima ideia do que ele queria dizer com orgânico, mas fiz que sim com a cabeça, muito entendida em teatro, fingindo total costume. Só que não.

— E quem não vai voltar? Como a gente vai saber? — perguntou Laís sem nem levantar a mão, tipo íntima do profe e do esquema.

— Boa. Vocês só vão saber quem não volta durante o exercício. Eu vou apontar pro grupo cujo familiar está voltando. O grupo que ficar por último, então, é o que vai sofrer quando entender que o barco que está esperando nunca vai chegar.

— Que forte! — pensei em voz alta.

— Terapêutico — disse um garoto cujo nome, descobri logo depois, era Levy.

Era o tal que a Laís não sabia se fazia Arquitetura ou Direito.

— Teatro é isso, minha gente! É alma!

— Boa, Stella! — elogiou Caíque.

A tal Stella era uma menina linda, de sorrisão largo e o cabelo cacheado mais *maravigold* que eu já tinha visto. Cheio, volumoso, perfeito. Ela era doce no jeito de falar, de andar, de sorrir. Fiquei no grupo com ela, com o Levy — que tinha um cabelinho lisinho, escorridinho sensacional e parecia ter saído de um filme adolescente americano — e também com a Laís e o Doctor. Começamos o exercício e, olha, foi difícil entrar no personagem.

Até porque minha cabeça só pensava em como aquele elenco, caso estivéssemos em um espetáculo teatral, estaria vestido, com que tipo de tecido, que cor de roupa, o caimento (ah, essas coisas de quem só pensa em moda e quer trabalhar com isso até o fim da vida...), mas, quando dei por mim, estava chorando rios.

O Caíque veio até me elogiar depois. Acho que consegui dar veracidade à cena porque imaginei meu pai não voltando um dia. Eu já li que os atores fazem isso para entrar em uma cena triste. Remetem-se a coisas que os deixam nesse estado de espírito.

Meu pai é advogado, dos bons, e vive viajando a trabalho, nunca está em casa, passa mais tempo fora que todos os pais que eu conheço. Por mais que eu não o veja sempre, a gente se fala quase todos os dias, e eu morro de saudade dele. Se acontecesse alguma coisa em uma dessas viagens e ele não voltasse pra casa... nossa! Não consigo sequer imaginar o tamanho da dor que eu ia sentir.

Na segunda aula de teatro, na semana seguinte, eu interpretei uma professora de Inglês em uma cena e uma avó mal-humorada em outra. Na terceira aula, tivemos que atuar com as mãos atadas e fiz a galera morrer de rir, e a sensação de arrancar gargalhadas das pessoas foi de encher a alma de alegria.

Eu estava achando o pessoal do teatro muito legal! Minha turma era muito divertida e aquele curso estava surpreendentemente bom. Qualquer diferença que eu tive no passado com a Samantha parecia ter ficado para trás. Era incrível como aquela coisa de atuar em conjunto, de fazer exercícios dramáticos juntas, estava nos aproximando. E depois de um mês, ao final de uma aula, ela até comentou com o professor:

— A Valentina é versátil. E pensa que ela não queria entrar no curso porque achou que não levava jeito, imagina, Caíque?

Eu torci para que fosse sincero, não irônico.

Na saída do teatro, naquele dia, fui caminhando para casa com a Stella, a menina do cabelo perfeito, que morava perto da minha rua. Quando chegamos à minha casa, ela comentou com naturalidade:

— Que enormeeee! Você é rica, bicha!

— Eu não, minha família que é — expliquei.

— Ah, tá. Bem coisa de rico falar isso, né? — reagiu ela, rindo. — Quando quiser me chamar pra comer, fica à vontade, viu? Maior vontade de comer comida de mansão de novela.

Eu ri daquela sinceridade toda, sem contar o "mansão de novela", que achei sensacional. E era engraçado também uma menina só um pouquinho mais velha que eu citar a palavra novela. Alguém da idade dela assiste novela?

— Tá combinado. Semana que vem você janta comigo depois da aula, tá?

— Uebaaa! — comemorou Stella, com uma dancinha boba. — Posso chamar o Levy? Não, nada a ver, desculpa. Olha eu já querendo trazer visita, que folgada, não me dá espaço, Valentina!

Eu ri daquela eletricidade dócil e carismática.

— Ah, você e o Levy...

— Ih, não! Nada! Menina, a gente se conhece há uns dois anos, a gente é amigo, amigo, amigo. Irmão. Nada a ver mesmo. Só achei que ele ia gostar de conhecer uma mansão de novela.

— Pode ser de série?

— Série americana adolescente?

— Isso.

— Não. Mansão de série não é tão suntuosa quanto a de uma novela que tenha ricos de novela. Amo ricos de novela, que já acordam de salto e maquiados. E se beijam sem escovar os dentes. Longamente. Sem bafo. Ninguém tem bafo em novela, já reparou? Amo novela.

Rimos juntas, eu e minha nova amiga. Que pessoa fofa!

— Vai por mim, eu entendo de novela. Lá em casa é todo mundo noveleiro. Tua mansão é de no-ve-la!

Subi gargalhando os degraus que levavam à minha "mansão". Quando entrei em casa, a comida já estava à mesa.

— Desculpe, querida. Vovó vai ao teatro e não conseguiu esperar você para jantarmos.

— Tudo bem, vó. Já falei que acho uma bobeira esse negócio de comer todo mundo junto.

— Bobeira não é, não, senhora.

— Como foi a aula hoje? — quis saber minha mãe.

— Que aula? Da escola ou de um dos cursos? Quais são os cursos atuais mesmo? — perguntou minha avó, com um quê de ironia.

— Dona Elvira, para com isso. Que prazer em ser desagradável! Já falamos sobre isso. Há meses que a Valentina não faz mil cursos ao mesmo tempo, como a senhora gosta de dizer. Anos, talvez. Foi um momento da vida em que ela quis experimentar várias coisas e a senhora critica a menina até hoje. Ela agora tá focada na coisa da moda, é um curso on-line, né, filha?

— Isso, mãe — falei. — *Brigada!* — agradeci com os lábios, sem som nenhum, e ela deu uma piscadela.

Olha minha mãe sendo fofa aí!

— E vamos e convenhamos, o teatro está fazendo bem pra ela.

— Ahhh, então são *dois* cursos! Tem teatro também... — alfinetou dona Elvira.

— Teatro é ótimo! — defendeu minha mãe.

— Ah, claro, porque ela vai ser uma atriz-estilista, lógico... — ironizou vovó, tão fofa.

Ela sabia ser muito intragável de vez em quando.

— Não, vó. Eu não quero ser atriz, mas posso muito bem ser uma estilista que assina figurino de teatro, de filmes, de televisão, de shows. E são vários, tá? Tipo Givenchy, Chanel, Armani, Jean-Paul Gaultier.

— Isso aí, filhota! Assim que eu gosto, se comparando com os grandes, pensando grande! A senhora precisa ver o caderno dela, cheio de anotações, tão aplicada a minha boneca.

Vovó ignorou a gente, torceu o nariz para minha pequena aula sobre moda e se levantou da mesa.

Aproveitei que estava só com minha mãe e perguntei do meu convite para a Stella.

— Mãe, posso trazer uma amiga do curso pra jantar aqui na semana que vem, depois da aula?

— Depende. Você a conhece bem? Sabe como sua avó é implicante...

— Ah, conheço do curso, já faço há um mês, né? Ela é gente boa, fofa e mora aqui perto, umas cinco ruas pra cima.

— Na Rocinha?

— Não sei. Por quê? Algum problema se ela morar na favela?

— Acho que sua avó não iria gostar nada disso.

— A gente nem sabe se a Stella mora na Rocinha e... peraí... Eu não posso trazer a menina na minha casa se por acaso ela morar lá? É sério isso? Qual o problema de ela morar na Rocinha? Qual? Posso saber? — perguntei, bem irritada, indignada mesmo.

— Nenhum! Mas a casa é da sua avó, Valen, ela que...

— Tá bom, mãe, entendi. Vou subir.

— Ué, não vai terminar de jantar? Tem creme de milho, que você adora.

Respirei fundo, bem frustrada.

— Eu não adoro, só acho ok. Impressionante como você não me conhece nada.

— Ih, começou o mau humor — reclamou minha mãe. — Se ficar com fome de madrugada, vê se não ataca a geladeira. O metabolismo é mais lento à noite, já falei pra você. Não quero você enchendo a cara de bobagem pra engordar à toa.

Revirei os olhos e nem me dei ao trabalho de explicar pra ela que eu não ia mais jantar porque ela tinha tirado a minha fome.

JEAN-PAUL GAULTIER

Amo gente que corre atrás, que se arrisca, que acredita no seu talento. O Jean-Paul é assim. Ele desenha desde pequeno e, quando cresceu, bem jovem ainda, resolveu mandar seus croquis a estilistas famosos como Pierre Cardin, que gostou tanto do que viu que acabou contratando o cara como assistente em 1970. Em 1976, JP lançou sua primeira coleção individual, mas foi em 1981 que ele deu asas à sua imaginação criativa e cheia de irreverência e passou a ser conhecido como "enfant terrible" da moda francesa.

Na década de 1990, Jean-Paul Gaultier criou peças incríveis para ninguém mais, ninguém menos, que Madonna, como aqueles sutiãs bafônicos e pontudos, que parecem cones em cima dos peitos. Na passarela, causou nos desfiles ao usar pessoas pouco convencionais, como idosos, gente acima do peso "padrão" da moda, modelos tatuadas e com piercings, entre outras excentricidades, o que rendeu a ele muita popularidade.

Além disso, são dele os figurinos de muitos filmes, como "O quinto elemento", de Luc Besson, "Kika", de Pedro Almodóvar, e "O cozinheiro, o ladrão, sua mulher e o amante", de Peter Greenaway.

 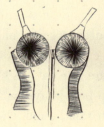 

Capítulo 4

NA SEMANA SEGUINTE, CHEGOU O DIA DE LEVAR A STELLA PARA jantar lá em casa. A aula daquele dia tinha sido muito boa, brincamos de improvisar para falar sobre nossas personalidades e, em seguida, fizemos um exercício de confiança. Caíque começou explicando:

— O objetivo do exercício é mostrar que a gente pode contar com nossos colegas e também fazer pensar sobre a *nossa* capacidade de acreditar no outro. De confiar no outro.

Em uma roda, um aluno de cada vez ficava sozinho no meio, de olhos fechados e corpo mole. Caíque, então, dava um empurrãozinho na pessoa e ela tinha que confiar que ninguém a deixaria cair com a cara no chão. E assim, de empurrãozinho em empurrãozinho, sempre com muita doçura, a pessoa tombava de frente, de costas, para os lados, como um joão--bobo, e a função de quem estava em volta era segurar o parceiro e passá-lo para outra pessoa, empurrando de leve, sem que nada de ruim acontecesse. Achei bonita essa dinâmica, parecia brincadeira de criança, mas foi tão forte o significado dela... Teve uma hora em que caí nos braços do Levy *cabelim lisim escorridim* e senti pela primeira vez, de olhos fechados, o cheiro dele. Era cheiro de banho, cheiro de rapaz asseado, como diria minha avó. Cheiroso e forte. Já o Geleia quase me deixou cair, mas tudo bem, continuo gostando dele.

Quando a aula acabou, eu e Stella caminhamos rumo à minha casa, onde, pela primeira vez, ela comeria em uma "mansão de novela", seja lá o que isso significasse. Assim que entramos na sala, minha mãe e minha avó se levantaram e eu comecei as apresentações. Minha mãe foi toda simpática.

— Ah, a Valentina estava certa, você é realmente muito linda!

— Obrigada — respondeu a Stella meio sem jeito.

— Stella, vó... vó, Stella... Mãe, Stella... Stella, ah... Sou péssima apresentando as pessoas.

— Bem-vinda, Stella. Meu nome é Elvira e minha nora se chama Petúnia — saudou minha avó, tão simpática que nem parecia ela.

Fomos logo para a sala de jantar e, em um clima muito bom, por incrível que pareça, passamos para Stella uma boa impressão da família. Parecíamos gente de comercial de margarina mesmo, que fala de tudo, família amiga. Contei como tinha sido o exercício do teatro e me empolguei.

— Foi irado mesmo! — completou Stella, enquanto jantava comigo e com minhas "meninas".

— Irado significa bom, vó — brinquei.

— Eu sei, Valentina. Tá me chamando de velha não conhecedora das gírias? Respeito, menina! — brincou de volta minha avó.

Estava claro que ela tinha gostado da Stella. Minha colega-de-curso-quase-amiga era solar, falante, extrovertida, debochada, engraçada, espirituosa.

— Por que você travava às vezes e abria os olhos, Valen? — quis saber a futura atriz da mesa.

Opa! Eu não esperava por aquela pergunta e quase engasguei com ela, mas só porque a resposta... Eu não sei se não sabia ou se não queria saber.

— Sei lá. Só sei que foi dificílimo me entregar. Assim que o meu corpo pendia para um lado, eu abria os olhos, assustada.

— Por quê, filha?

— Porque... sei lá, mãe! Acho que fiquei com medo de me machucar, de me estabacar no chão se alguém se desequilibrasse ou não aguentasse meu peso.

— Que peso? Quem não aguentaria seu peso-pluma, Valen? — pontuou Stella, rindo.

— Nem tão pluma, né? Já foi bem mais magra, essa mocinha — argumentou minha mãe, perdendo uma grande chance de ficar calada.

O ambiente pesou um pouco, um rápido silêncio rolou, então vó Elvira falou:

— Quer dizer que, vamos dizer assim, esse exercício só parece uma brincadeira de criança, certo? Aparentemente simples e inofensivo, mas na verdade é o oposto disso.

— Aí, arrasou, dona Elvira! É exatamente isso, cara! — disse Stella, já BFF da minha avó.

— Foi uma das coisas mais complexas que eu já fiz, vó. E mostrou coisas importantes sobre mim.

Vovó parecia encantada com aquela história, muito diferente daquela pessoa resmunguenta e desinteressada que eu conhecia.

— Só fico preocupada com esse curso em ano de vestibular... Você tem tempo pra estudar fazendo tanto coisa por fora, meu amor?

Ah, ela nem foi agressiva. Estava preocupada mesmo. E eu tão perdida em relação ao futuro... Tão sem saber se seguia minha vontade de fazer roupas e acessórios ou se ia para outro rumo completamente diferente... Eu só queria desenhar e criar.

— Tenho tempo sim, vó. Até porque nem sei direito ainda o que eu vou fazer, para qual faculdade vou prestar. Se quero estudar aqui, lá fora...

— Acho uma injustiça vocês terem que decidir tão novas o que vão fazer pelo resto da vida. Olha, tudo bem escolher errado, entender isso e mudar de curso, ok? Isso vale para as duas. O que não dá é pra fazer quatro, cinco anos de uma faculdade infeliz.

Gente! Quem era aquela fofa *master* que tinha entrado no corpo da minha avó?

No final, o jantar foi ótimo, tanto que dona Elvira convidou Stella para voltar quando ela quisesse.

— Olha que eu venho! — brincou minha nova amiga. — Comer é o que eu mais amo fazer na vida. Depois de fazer xixi quando tô muito apertada, óbvio.

Vovó riu alto.

— Gostei dela, Valentina! É para vir mesmo. Você é muito simpática, querida. Espirituosa. Venha sempre!

— Obrigada, dona Elvira, vou vir sim.

Depois dos agrados e agradecimentos, subimos para meu quarto e Stella se jogou na cama, agarrada com minha golfinha gigante de pelúcia.

— Caraca! Seu quarto é maior que minha casa inteira. Tá, tô zoando... É beeeem maior que a minha casa inteira!

Eu sorri e de repente lembrei:

— A gente saiu da mesa e nem perguntei se você queria um chá.

Ela explodiu em uma gargalhada que até me assustou.

— Que foi? Você não toma chá? — eu quis saber.

— *Você* toma chá?! Quem toma chá na nossa idade, Valentina?

— Eu tomo, ué. Me ajuda a dormir, é bom porque também ajuda a não reter líquido, é...

— Cara, para! Eu sei os benefícios do chá, mas eu tenho 19 anos. Quando tiver uns 68, eu começo a tomar.

— Que bobagem! Você acha mesmo que tomar chá é coisa de velho?

— Não — respondeu ela, séria. — É coisa de *rico* velho! — acrescentou, rolando de rir. — Você é rica nova, garotaaaaa!

— Mas eu gosto de chá, garotaaaaa!

Aquela menina me divertia de verdade. Nem o "garota" dela me irritava.

— Tá bom, tá bom. Quer tomar chá, toma, mas não pergunta se eu quero. Agora, pra uma Coca normal ou uma Fanta Uva pode me chamar sempre, tá?

— Ecaaaa! Açúcar puro! — reagi, com cara de nojinho.

— Açúcar é vida, Valen!

Rimos juntas, e ela puxou papo sobre o curso.

— Agora que estamos só a gente... me fala: por que você ficou tão travada na hora do exercício? Por que não conseguiu se jogar de cabeça? Foi estranho ver a menina que é tão forte como atriz...

— Eu sou o quê?

— Você é ótima, Valentina. Percebi isso no primeiro dia que você foi na aula. Tem uma galera lá há bem mais tempo que não se entregou como você na parada dos pescadores.

Senti meu rosto inteirinho esquentar. Rosto e pescoço. Instintivamente, coloquei a mão sobre o peito, que também parecia estar em uma panela de água fervente. Vermelha, baixei os olhos.

— Você acha?!

— Não precisa se envergonhar por ter talento. É uma bobagem você encarar como mais um curso e não querer fazer isso pra vida.

— Eu quero criar roupas pra vida. Quero fazer as pessoas se sentirem mais bonitas, melhor com elas mesmas, é isso que eu quero fazer. E isso, a cada dia que passa, fica mais claro pra mim.

— Você não pode ser atriz e estilista?

— Você conhece alguém que seja atriz e estilista? Posso até ser boa atuando, mas eu quero mesmo criar roupas, acessórios, quero me envolver com toda a criação, da escolha dos tecidos ao dia a dia na confecção das peças, é fic...

— Pode parar, não precisa falar mais nada.

— Por quê? — perguntei, franzindo a testa, intrigada.

— Porque seu olho brilhou como eu nunca tinha visto até agora.

E, nesse momento, meus olhos brilharam por ter alguém sensível o bastante para me entender fácil assim, simples assim. Ela viu a purpurina nos meus olhos e, pá!, entendeu tudo. E aquilo foi incrível.

— Estranho seria se meus olhos não brilhassem. Eu amo moda desde que me entendo por gente. Eu sou a Carrie Bradshaw de *Sex and The City* versão jovem. Vi com minha mãe a série e amei! Só penso, só leio, só sonho com moda. Tô fazendo um curso de história da moda na internet que é maravilhoso!

— Nossa, deve ser incrível.

— *É* incrível. Tô aprendendo sobre a moda ao longo dos tempos, na Antiguidade, na Idade Média, na década de 1920, 1960, ele fala das criações mais marcantes, dos estilistas... Ai, tô amando!

— Você se inspira em quem? De moda só me vem à cabeça o nome Chanel...

— Ela é musa, diva, óbvio. Mas eu acho incrível mesmo viver no mesmo tempo da Diane von Fürstenberg.

— Essa eu não conheço. Na verdade, Chanel é a única que eu conheço, porque vi um filme. Desculpa aê, moda não é meu forte.

Depois de conversarmos muito e de rirmos mais ainda, minha amiga precisava ir embora. Levei a Stella na porta e lá ela me deu um abraço tão apertado que quase me sufocou. Estava genuinamente feliz e, sei lá, meio que agradecida por estar ali comigo, sorrindo com o rosto inteiro, com sua boca carnuda, dentes grandes, e toda trabalhada no carisma. É isso, Stella era puro carisma, e tinha um abraço verdadeiro, o que era tão raro pra mim! Eu me senti bem no abraço dela e até invejei seus familiares, por terem sempre esse abraço. Abracei Stella de volta e cantarolei, de improviso:

— *O abraço dela é a coisa mais linda é a coisa mais bela! Ah, Stella, é só carinho essa donzela...*

— Atriz, estilista, compositora e gata? Sério? Ah, tchau, Valentina! Você me irrita.

Eu ri.

— Tchau. Me avisa quando chegar em casa? Manda mensagem — pedi.

— Aviso!

— Brigada pela companhia. Adorei.

— Brigada pelo jantar, pelo papo. Amei. E sua avó é incrível. Adorei ela.

— Leva pra você — debochei.

Ela sorriu e partiu.

É... Eu realmente tinha encontrado uma amiga especial.

Bem mais tarde, quando fui à cozinha assaltar a geladeira, esbarrei com minha avó, toda arrumada, fervendo água na panela. Tinha acabado de voltar da rua, de uma reuniãozinha com amigas. Ela sempre foi muito rueira.

— Chá? — perguntei.

— Não — falou ela meio constrangida. — É miojo mesmo.

— Miojo, vó?! — perguntei, espantada.

— E se contar pra sua mãe, mato você e escondo o corpo! Nem quero pensar, vai ser uma semana de sermão falando de sódio e do mal que fazem as comidas artificiais. Não tenho paciência.

— Sódio? Você vai colocar o pó do saquinho, vó?

— Mas é claro! É a melhor parte. E vou comer com um bom vinho.

— Vó! A senhora já bebeu hoje?

— Só uma tacinha durante o carteado. Duas, vai. Talvez tenham sido três...

Arregalei os olhos.

— Que é que tem? Pago motorista pra isso, meu amor! Pra me trazer sã e salva pra casa em qualquer situação, até em um pilequinho, hehe.

— Tá certa, vó! — respondi, rindo e gostando daquela avó conversadeira e tão gente.

— Sua mãe só come folha e salmão. E eu odeeeeeio salmão!

— Eu também!

— Não suporto o cheiro!

— Nem eu, vó!

E então rimos como havia muito não fazíamos, se é que já tínhamos vivido essa cena alguma vez na vida. Eu e minha avó juntas, rindo real. Que coisa inédita! E não estava sendo chato, constrangedor ou enfadonho... Nada! Estava sendo o oposto disso! Continuei com ela na cozinha para fazer companhia e comer a sensacional mousse de chocolate da Maria enquanto ela devorava seu prato de miojo como se fosse uma iguaria rara. Levantei para esquentar água e fazer um chá.

— Eu não acredito que você vai fazer chá, Valentina! Você tem quantos anos? Uns 88?

Eu ri com os olhos, com os dentes, com as covinhas. Por isso vovó e Stella foram uma com a cara da outra.

— Me deixa, vó. Chá de camomila me ajuda a dormir!

— Gostei da sua amiga. Eu falei sério quando disse que você podia trazê-la mais vezes aqui, viu?

— Eu sei. Ela também gostou da senhora.

— E tem alguém quem não goste de mim? Fora sua mãe, claro.

— Vó! A mamãe gosta de você, sim.

— Gosta nada, mas tudo bem. Também não vou muito com a cara dela.

— Vó! Pode parar, por favor? — pedi, meio rindo, mas meio tensa de ver a conversa descambar para outro rumo.

— Desculpa, meu amor. O álcool entrou e a verdade saiu. E vovó tem a desculpa de ser velha e falar verdades, estando ou não sob o efeito de vinho, certo? Ou será que foi licor? Ou licor *e* vinho? Tenho quase certeza que tomei um licorzinho antes de ir embora da casa da Marisa. Foi na casa da Marisa que a vovó jogou, não foi?

— Não sei, vó. Como é que eu vou saber?

Ela explodiu em uma gargalhada que me deu muita vontade de gargalhar junto. Mas não podia. Eu tinha uma avó a zelar. Maturidade, vem em mim!

— A senhora podia tomar um banho de água fria, né?

— E perder a minha onda boa? Tá doida? Essa onda boa de felicidade por ver você finalmente com uma amiga dentro de casa? Não mesmo, obrigada, srta. Certinha. Olha, vovó espera que essa amizade dure mais que as outras. É muito bonito ter amigas nessa época e levá-las para a vida, querida. As amigas da vovó são...

— Quase todas de quando a senhora tinha a minha idade, tô ligada.

— Cadê a Bianca? Aquela menina eu achava ótima.

— Ela se mudou com a família pra Califórnia, vó. Não lembra?

— Ah é, esqueci.

— A gente até se fala por Skype e WhatsApp e tal, mas não é igual, né? Ela está em Los Angeles, e com cinco, seis horas de diferença, é complicado.

Nesse momento, minha mãe adentrou a cozinha.

— Ah, não acredito!!! Macarrão instantâneo, dona Elvira?! A senhora sabe como isso faz mal para o organismo? E na sua idade?

Vovó revirou os olhos como uma adolescente e baixou a cabeça com as mãos espalmadas na cara como uma criança.

— É a sua escolha, dona Elvira. Eu não vou dar sermão sobre comer saudável, fique tranquila.

— Graças a Deus! — exclamou vovó, com os braços para cima, como se estivesse comemorando um gol do Brasil em final de Copa do Mundo.

Estava difícil prender o riso com aquela versão de avó que se apresentava para mim pela primeira vez. Acho que foi o vinho *e* o licor mesmo. Precisava ir embora antes que minha mãe visse na pia o pote de mousse que eu tinha comido.

— Beijo, meninas, boa noite pra vocês.

Despedi-me das duas com um beijinho e subi para o meu quarto.

Da escada, ouvi o que preferia não ter ouvido.

— A senhora sabia que a amiga nova da Valentina mora na Rocinha, dona Elvira?

— Verdade? Não, não sabia!

— Era só o que faltava a Valentina, em ano de vestibular, grudar nessa menina que quer ser atriz. Atriz! Ou seja, uma menina que vai morrer de fome, porque se dar bem com arte neste país é para um em um milhão, é loteria! E, cá entre nós, a menina é meio nadinha, né? Simpática e tal, mas... nada de mais.

— O que mais você sabe sobre ela, Petúnia?

— Precisa saber mais? Só sei que mora na Rocinha, que é mais uma amiga que a Valentina arruma e não vai poder acompanhá-la nos programas, nas festas, nos restaurantes, nas viagens... Vai ser como foi com a Cristiane, a filha da Maria.

— Foi a melhor amiguinha dela da vida toda... A única — constatou minha avó, com um quê de tristeza.

— Pois é, e lembra como era difícil pra Valentina entender que a Cristiane não podia fazer tudo o que ela fazia? Agora vai acontecer de novo.

— Por onde anda a Cristiane?

— Em Rondônia, dona Elvira. A garota não pensou duas vezes quando se casou e se mudou pra longe da minha filha. Deixou a Valentina sozinha, sem ninguém. Ingrata.

Meu Deus, o que minha mãe queria que a Cris fizesse? Coitada da Cris... E que equivocada minha mãe...

— Pobre Valentina. Queria tanto que ela tivesse mais amigos...

— Eu também, dona Elvira, mas Valentina não sabe escolher amizades. Aliás, não sabe nada da vida. Não tem maldade, só tem tamanho aquela garota.

— Você mimou muito a Valentina.

— Eu? A *senhora* é que mimou muito a sua neta.

Subi o resto da escada correndo, porque não quis ouvir mais nada. Sabia que dali não sairia coisa boa. Depois a Stella não entende por que eu não consegui me jogar de cabeça no exercício de confiança no teatro! Eu não confio em ninguém, nem na minha família, nem em mim mesma às vezes. Minha mãe sempre fala da minha avó, mas resolveu botar lenha na fogueira e contar para ela onde a Stella mora, como se isso fizesse alguma diferença, como se o CEP de uma pessoa definisse seu caráter.

Isso tudo me remeteu a uma coisa que li recentemente na parte das tirinhas de um jornal que alguém esqueceu aberto. Nunca vou esquecer, pois me identifiquei na hora. Na tira do André Dahmer, um homem de dentro de um castelo perguntava ao outro, que estava do lado de fora, o que ele queria, e ele respondia que queria tudo o que o homem do castelo tinha. Ao que este respondia: "Está falando do dinheiro ou do medo?".

Ninguém pode imaginar o que se passa dentro de cada um.

DIANE VON FÜRSTENBERG

Seu nome de solteira é Diane Simone Michelle Halfin. Sua mãe, Liliane Nahmias, era de origem grega e foi prisioneira e sobrevivente de Auschwitz. Ela estudou economia na Universidade de Genebra e foi nomeada princesa (Tá? Tá? Minha diva é realeza real) após se casar com o príncipe Egon von Fürstenberg, em 1969. Mas alguns casamentos acabam, né? Os dois se separaram em 1972. Aos 26 anos, em 1974, Diane, que é fã de ioga e meditação, inventou uma peça que entraria para a história da moda, o vestido-envelope, ou wrap dress, que é um hino. "Quando o desenhei, pensei em algo que fosse sexy, elegante, feminino e, ao mesmo tempo, prático e fácil de vestir. A mulher precisava de tempo para pensar em outras coisas, em vez de só se produzir." No mesmo ano em que o lançou, ela vendeu simplesmente 4 MILHÕES de peças no mundo. Aos 28 anos, foi nomeada, pela revista Newsweek, a mulher mais poderosa do mundo da moda depois de Coco Chanel. Ela diz que uma das suas missões é dar poder às mulheres e, em sua empresa, 97% dos funcionários são mulheres.

Capítulo 5

NO DIA SEGUINTE, CHEGUEI NA ESCOLA AO MESMO TEMPO QUE O Erick e quase trombamos no portão de entrada. O melhor namorado que tive é um ótimo ex-namorado (que ódio!) e agora namora a Samantha (que ódio 2! Tá, não é ódio, ódio, mas é um tipo de ódio, vai).

Podia ser viagem da minha cabeça, mas ele estava mais simpático nos últimos meses, mais sorridente e mais fofo. Tudo bem que ele sempre foi fofo, até demais, eu acho, mas agora ele estava diferente, não sei se com todo mundo ou só comigo. Será que estava a fim de mim de novo, e arrependido por estar com a Samantha?

Eram dúvidas que pairavam na minha cabeça enquanto Erick vinha em câmera lenta na minha direção.

— Oi, Valen! A Samantha me falou que você manda bem pra caramba no teatro.

Ah, ele estava zero a fim de mim (que ódio 3! De novo, não era ódio, ódio... Ah, você entendeu). Porque começar citando a namorada é bem para me fazer entender que não, ele *não está me dando mole, é só simpatia mesmo.*

— Ah, que exagero, Erick.

Ele respirou fundo antes de falar:

— Como você tá, Valen?

— Tô ótima. Por quê?

— Por nada. É que você tava superamiga da Bianca e ela foi morar na Califa, e agora a Laís e o Orelha estão ensaiando uma volta, e você acaba ficando mais sozinha, né?

— Olha, Erick, deixa eu te dizer uma coisa. Um: eu continuo amiga da Bianca mesmo ela não estando aqui. Dois: se o Orelha acha que tem alguma chance com a Laís, coi-ta--do, ele tá completamente enganado. Ela não quer saber dele nem pintado de...

— Eles estão ficando e... ela tá sem graça de te contar — disse ele bem sério e eu me senti apunhalada pelas costas.

— Quem sabe disso?

— Todo mundo.

— Todo mundo menos eu?

— É.

— Eles ficam escondido, é isso?

— Escondido *de você* — revelou, bem sem jeito.

Ok, Erick comeu Sinceritos antes de sair de casa, né?

— Espera aí... A Laís não tem coragem de me contar porque acha que eu vou ficar chateada de ela voltar com ele?

— Exatamente. E ela não queria te chatear. Mas eles se curtem muito.

U.a.a.a.u.u.u. Então eu era esse tipo de pessoa. Que assustava as amigas. Tadinha da Laís! Fiquei com peninha. Imagina que eu ficaria chateada se ela e o Orelha voltassem... Se ela ficar feliz, eu fico feliz também, claro!

— Acho que uma vez você comentou que gostava muito mais dela sem namorado do que com. Você reclamou que ela sumia, que te abandonava quando tava com ele. Isso é bem a sua cara, Valen.

Respirei fundo.

— Isso *é* bem a minha cara... — admiti.

Ele riu e eu derreti um pouco por dentro.

— Mas a Laís some mesmo, tá? Não é viagem da minha cabeça.

— Quando a gente tava junto, você também sumia das suas amigas.

— Que amigas?

— Verdade. — Erick riu da minha piada, que não era tão piada assim.

— Eu ando gostando tanto da minha companhia e da companhia das minhas novas amigas que não vou ficar nada triste se a Laís se afastar um pouco.

— Ah, tem novas amigas? Posso saber quem são?

— Povo do teatro.

— "Povo do teatro" — repetiu ele, rindo, todo charmoso imitando meu jeito de falar.

Ri com ele. E ri dele.

Eu não sei se ainda gosto do Erick (embora eu diga que não, não e *não* desde que terminamos) ou se sou só apegada ao passado que eu tenho com ele. Ou os dois. Ou sentimento de posse. Vai entender. Acho que no fundo, no fundo, o fim de Valerick ainda me magoa em algum lugar do meu peito. Formávamos o casal muso, o *ship* perfeito da escola, do bairro, da cidade, quiçá do mundo.

E não é só isso. Eu... eu fui muito apaixonada por ele. Muito. Eu tinha sentimentos confusos em relação a ele, e para me deixar mais tonta com meu coração, o Erick e a Samantha vivem brigando, indo e voltando, Rachel e Ross total. Ou Serge Gainsbourg e Jane Birkin.

— E sua mãe, seu pai, sua avó... como eles estão? Manda um beijão pra eles.

— Mando. Eles te adoram, né? — respondi.

— E eu adoro eles — falou, derretido.

— Mas eles te adoram só porque você cuidava de mim, então sobrava tempo para eles se divertirem sem se preocupar comigo — falei, sendo um pouco cruel e querendo ser o centro da situação, reconheço.

— Para com isso, Valen. Não se vitimiza, vai.

— Quem tá se vitimizando? Eu tô desabafando com você, mas tô vendo que foi um erro.

Não sei se eu estava na TPM ou não, mas bateu mal aquela história de vitimização mesmo. Fui correndo para dentro da escola e procurei o banheiro mais próximo para chorar. Baixei a tampa, sentei no vaso e mandei uma mensagem para a Laís.

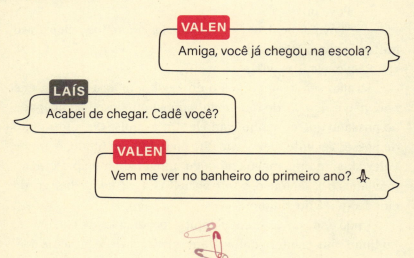

— Valen, eu vou ser bem sincera, tá? — avisou Laís, depois que eu contei meu momento com Erick.

— Claro, amiga é pra isso, né?

— Você não tem nada que desabafar com o Erick. Você tem que desabafar comigo, com a Stella, com o Bernardo...

— Eu não pego o Bernardo há uns meses, já.

— Tá, mas daqui a uns dias vocês estão se pegando de novo, Valentina, que eu sei. O cara é seu amigo, é uma graça e tá a fim de você.

— E daí? Eu não tô a fim dele.

— Tá certo, você só gosta de quem não gosta de você. É masoquismo que chama, né?

— Para, Laís! — pedi, as lágrimas rolando pela minha bochecha.

Talvez eu estivesse mesmo na TPM.

— Desculpa, só não quero te ver sofrer. E só queria que você entendesse que o Erick não pode ser seu amigo.

— Mas ele é! — protestei, indignada.

— Não, Valentina. Vocês até podem ser amigos, tipo muito amigos, lá na frente. Agora ainda não rola. Foi tudo muito intenso entre vocês.

Olhei para baixo e chorei pela segunda vez naquela manhã. Será que a Laís estava certa?

— Eu sinto falta de dividir minhas coisas com ele, sabe?

— Sei, Valen... — disse ela com voz compreensiva.

— Até hoje eu acho estranho não contar as novidades primeiro pra ele... É normal isso? — falei e chorei mais.

— É normal, Valen. Vem cá — pediu Laís, me puxando para um abraço.

Respirei fundo, tomei coragem e falei:

— E, olha, não precisava esconder de mim que você e o Orelha voltaram, Laís. Eu não sou um monstro que vai te criticar.

— A gente não voltou — explicou ela, de bate-pronto. — A gente tá *voltando*...

— Mas você acha certo eu ser a última a saber? Depois de tudo o que a gente passou, Lá? Foi muito ruim saber pelo Erick que...

— Foi ele que te contou? Que fofoqueiro! — Laís parecia furiosa.

— Não importa agora se ele é fofoqueiro ou não, Laís. Que tipo de bruxa eu sou por não te deixar à vontade pra me contar que você tá voltando com seu ex-namorado? Que, aliás, é super gente boa e eu adoro? Achei que a gente fosse amiga de verdade...

— A gente é.

— Não parece.

— Ah, Valentina... Sempre que pode, você fala que eu sou mil vezes melhor sem o Orelha, que eu fico mais legal, mais engraçada, menos travada quando eu tô sem ele... Eu me sinto insegura nessas horas, sabe? Tenta entender também...

— Você acha que eu ia reclamar da sua felicidade? — quis saber com sinceridade.

— Não, eu só queria encontrar o momento certo pra falar, o jeito certo de falar...

Dei um abraço nela. Consegui me colocar no lugar dela e entendi que deve mesmo ser ruim ouvir sua amiga reclamar de você, ainda mais em relação a namoro. Eu devo mesmo ter sido chata com a Laís em relação ao Orelha, devo ter cobrado dela atitudes diferentes das que ela tomava, sem contar as vezes em que chamei a coitada de mosca-morta, como se ela fosse um fantoche e eu pudesse manipulá-la do jeito que EU achava melhor.

Empatia. Taí uma coisa que todo mundo fala muito, que é muito bonito e tal, mas... nunca foi meu forte. Estou trabalhando intensamente na terapia pra melhorar isso, mas preciso admitir: não é fácil me colocar no lugar de alguém, nem que seja no de uma amiga. Por isso fiquei orgulhosa da minha evolução como ser humano quando consegui me botar no lugar da Laís.

SERGE GAINSBOURG E JANE BIRKIN

Se esse casal tivesse existido nos dias de hoje, seria o mais shippado do mundo, fato. #JaSer ou #SerJa, ainda não sei qual prefiro.

Atriz, cantora, escritora e musa (muito musa mesmo), a londrina Jane Birkin era uma espécie de influencer de moda dos anos 70. Ela inspirava jovens e também marcas como a Hermés, que criou, pensando nela, a bolsa mais desejada do mundo: a Birkin, um clássico cujo modelo mais barato custa 50 mil reais, mas que pode chegar até 200 mil dólares.

Serge Gainsbourg, o narigudo mais charmoso de que se tem notícia, herdou do pai, que era pianista de formação clássica, a veia musical. Compôs e cantou músicas que viraram hits (como "Je t'Aime Moi Non Plus", que minha avó ama), mas também trabalhou como ator e diretor. Boêmio de carteirinha, fumava demais, bebia demais, fazia demais tudo que não devia, sempre pulando de mulher em mulher. Não por acaso sua vida mereceu um filme: "Gainsbourg, o homem que amava as mulheres".

O romance da Jane com o Gainsbourg foi hiper bafafudo (minha avó adora essa palavra. E eu também), cheio de polêmicas. Os dois se conheceram durante as filmagens de "Slogan", em 1968, ela com 22 anos e ele 40, quando tinha acabado de terminar com ninguém menos que Brigitte Bardot. Tá? Tá? Gainsbourg sempre foi um grande sedutor, do tipo que seduz até maçaneta, e conquistou Jane com seu jeitinho cafa-porém--fofo. Durante os 13 anos que passaram juntos, viraram sinônimo de comportamento liberal e chamaram a atenção do mundo todo com seus filmes, músicas e declarações. Tiveram uma filha, que é atriz e também cantora, Charlotte Gainsbourg (que herdou da mãe o estilo), e separaram-se em 1980.

Naquela manhã, a Marcia, professora gente boa demais de Português, que estava com a nossa turma desde o primeiro ano do ensino médio, ou seja, conhecia beeeem a gente, entrou perguntando o que queríamos fazer de verdade da vida. Negócio de vestibular, faculdade.

A turma ficou muda.

— Ué... Cadê a turma falante que eu conheço? Bora! A aula de hoje é pra vocês exercitarem o vocabulário para falar, para se ouvir.

— Que demais! — soltou Tetê.

— Vamos ajeitar as carteiras e fazer um círculo! — pediu ela, animada. — Não, espera! Tive uma ideia melhor! — disse, levantando-se rapidamente, toda serelepe, como diria o Davi, que fala como um idoso do século passado. — Vamos para o pátio!

— Mas, gente!!! Que novidade! Marcia, o que foi que deu em você? Que felicidade é essa? Namorado novo?

— É paixão mesmo, Zeca.

— *Aêêê!!!!* — fez a turma em coro.

— Paixão pela minha profissão, pela arte de lecionar. Hoje é um dia em que estou muito feliz por ter escolhido essa profissão e quero saber o que vocês querem para o futuro. Sigam-me os bons! — fez ela, imitando o Chapolin Colorado e se dirigindo para a porta, convocando a turma para segui-la. — Vocês conhecem o Chapolin, né? Não vão me decepcionar e me fazer sentir uma tiazona! Vem, gente! Tô falando sério, podem vir comigo lá para fora! Deixem suas coisas aí.

Os alunos foram levantando espantados e animados, seguindo Marcia, que foi meio que marchando pelo corredor, enquanto as outras turmas olhavam pelos vidros das salas, desconfiadas, provavelmente pensando: "Aonde será que esse pessoal vai?".

A profe gente boa demais levou os alunos para o pátio, para baixo de uma imensa e provavelmente centenária árvore, um conhecido ponto de encontro na hora do recreio. E de repente estávamos lá, só a nossa turma, naquele clima natureza, falando sobre nossos medos, sobre a proximidade do nosso futuro, sobre carreira, profissão, sonhos.

— Decidi fazer Letras, Marcia. Por mais que meu pai seja contra — começou o Zeca.

— E por que ele é contra? Você gostaria de dividir com a gente?

— Porque ele acha que eu vou morrer de fome, que não se ganha dinheiro cursando Letras hoje em dia. Mas eu gosto de escrever! É o que mais amo fazer! Quero aprender outras línguas, quero ler mais livros, escrever livros...

— A Tetê também quer escrever livros e não quer fazer Letras — falei, entrando na conversa.

— É que o que eu quero mesmo é fazer Gastronomia, ir para a Le Cordon Bleu, passar um tempo em Lyon, que é considerada a capital mundial da gastronomia hoje, e...

— Cozinhar, o negócio da Tetê é cozinhar, gente, e cozinhar bem! — opinou Davi.

Tetê continuou:

— Mas eu tô em dúvida se faço faculdade, se me jogo pelos cursos da vida ou se estudo Administração de Empresas para um dia saber gerir meu negócio...

— Hum... Gerir seu negócio, Tetê? — brincou Samantha.

Todos riram, bobos.

— Ué, sonhar é de graça. Eu adoraria, sim, ter meu restaurante, ou um café. Adoraria viver de cozinhar, sabendo, eu mesma, lidar com a burocracia que um negócio desses envolve.

— Gente, ela falou bonito. Gastou o vocabulário, fessora! — brincou Erick.

Davi contou que adoraria trabalhar na Nasa, que não tinha nada mais a cara dele.

— Sei que é impossível, mas...

— O impossível não existe, Davi! — interrompeu Marcia.

— Tá, existe, mas sabe aquela frase "Não sabendo que era impossível, foi lá e fez"? Não coloque obstáculos na sua frente antes mesmo de tentar, Davi. Por favor, não faz isso! Aliás, esse conselho vale pra todos vocês. A vida é uma só! Passamos a maior parte dos nossos dias no trabalho, e, se não é pra ser feliz trabalhando, não vale a pena! Na minha opinião, claro! Apostem na carreira que acelerar o coração de vocês, que fizer brilhar os olhos.

Nossos olhos brilhavam com a perspectiva do futuro, que estava batendo à nossa porta, e brilhavam mais ainda vendo a Marcia falar, toda de peito empinado, parecendo estar em um palanque. Claro, um palanque do bem, sem mentiras nem promessas falsas. Muito legal e inspiradora aquela aula, que nem parecia aula. Que professora!

— Eu, por exemplo, sou professora! Vocês só ouvem falar, mas não sabem o quanto rala de verdade um professor! São noites preparando aula, corrigindo provas e também sem dormir, contando dinheiro, pensando nos problemas da família que o trabalho não deixa a gente ficar perto pra ajudar a resolver, sem contar as grosserias de alunos mal-educados que nos tratam como lixo... É puxado, meu povo... Mas, mesmo assim, eu amo lecionar. Não consigo me imaginar fazendo outra coisa que não isso. A não ser na passarela desfilando de *angel* para a *Victoria's Secrets*. Ah, isso eu me vejo fazendo, sim!

A turma riu com vontade imaginando aquela mulher que devia ter seus 40 anos, que estava um pouquinho acima do peso, pelo menos para meus padrões, se imaginando em uma passarela com aquelas deusas esqueleticamente perfeitas. Claro que ela não devia se ver fazendo aquilo, era só pra fazer piada e tirar o climão de discurso.

— Bom, puxei o assunto passarela para falar de... Vaaaaa-leeeeentinaaaa!

Fiquei vermelha com a introdução.

— Ah, o que tem eu?

Todos me zoaram, óbvio, mas eu estava com vergonha de verdade, poxa.

— Eu quero trabalhar com moda.

— Coisa de gente rica, amor, porque Valen é dessas! — disse Zeca, me deixando um tanto irritada.

— Que sem-noção! — reagi, fazendo questão de mostrar que eu tinha ficado chateada com a "gracinha" dele. — Só tenho vontade de criar, como você. Só que você quer criar histórias e eu quero criar acessórios e roupas, com os quais também vou contar histórias.

— Uuuuuuuuuh! Aaaaaaaaaaíí! — fez a turma.

— E você pensa em fazer moda aqui ou lá fora? — quis saber Marcia.

— Ah, eu queria ir pra Milão ou Paris, né?

— Ah, para! Desculpa, mas é uma que vai pra Lyon, outra que vai pra Milão ou Paris, vê se alguém quer ir pra Marechal Hermes de ônibus trabalhar em uma fábrica de roupa ou cuidar de uma croqueteria na beira da estrada? Isso ninguém vai! Ai, pronto, falei. Podem me odiar, mas vocês duas estão muito blogueirinhas-tipo-exportação com esse negócio de França hoje! — declarou Zeca.

A turma riu. E eu e Tetê também rimos da indireta diretíssima do Zeca para a gente. Ele sempre tinha um jeitinho de se desculpar fofamente, fazendo a gente esquecer seu delito na hora.

— Na verdade, todos em casa querem que eu seja advogada, para seguir a carreira do meu pai. Dizem que eu teria o futuro garantido e tal. Mas não tem nada a ver comigo. Não consigo nem me imaginar estudando Direito... — confessei.

— Igual à minha mãe, que diz que eu posso até ser atriz, mas que tenho que fazer uma faculdade "séria" — contou Laís.

— Mas você quer ser atriz? — perguntou Samantha, espantada.

— Você quer ser atriz, Laís?!?! — reforcei, mais espantada ainda.

Quando a Laís me chamou para fazer o curso, eu estava certa de que era só para se soltar, para se comunicar melhor, ela mesma disse isso pra mim. Achei que ela tivesse zero interesse na carreira de atriz. Mas agora ela vem com essa! Ela era minha melhor amiga e eu nem sequer sabia que a chave tinha virado e que ela estava cogitando ser atriz de verdade.

Preciso confessar que bateu uma tristezazinha bem aguda lá no fundo do peito. Eu tinha perdido a Laís em algum momento que eu não lembrava qual era nem quando tinha sido. Pior, nem sabia por quê. Mas eu podia voltar a ficar por perto, era só mostrar interesse por ela. *Caramba, eu não mostro interesse pela vida da minha suposta melhor amiga*, constatei, chocada. *Valentina, que péssima pessoa você é. Pior pessoa!*, disse a diabinha-eu bem acima da minha orelha esquerda. Todos nós temos demônios internos, e é difícil expulsá-los de dentro da gente. Bem difícil.

— Na verdade, eu tô pensando nisso agora... Falei com a minha mãe ontem... — completou Laís, toda cheia de reticências.

Não sei se ela disse aquilo para me agradar, para que eu não ficasse chateada por ela não ter me contado, ou se era verdade mesmo, se ela tinha pensado na véspera sobre a possibilidade de ser atriz. Mas claro que era verdade mesmo. *Você*

NÃO *é o centro do mundo, Valen!*, disse a anjinha que mora em mim. Viva Freud!

— E você, Samantha? O que você se imagina fazendo no futuro, para o que você está se preparando? — perguntou Marcia.

Samantha baixou os olhos e ficou em silêncio uns bons segundos. Fiquei espantada. Todo mundo ficou espantado, aliás. O que será que estava acontecendo? Que estranho.

— Não tenho a menor ideia! — respondeu ela.

Todos olhamos para ela sem disfarçar o choque.

— Que foi, gente?! Acho que só vou conseguir decidir quando chegar mais perto da hora. O que eu posso fazer? Eu sou boa em todas as matérias, posso escolher várias profissões, mas não sei o eu quero ainda.

A turma riu de nervoso, porque aquele era também o caso de vários ali. É difícil mesmo decidir o que fazer da vida. Mas fiquei com a pulga atrás da orelha com a resposta da Samantha.

À tarde, depois da aula, continuei meu projeto de fuçar na internet sobre o assunto moda e acabei me deparando com o workshop dos meus sonhos. Só que eu caí na besteira de comentar com minha mãe, aquela que sempre me apoiava nos cursos, sobre a minha nova ideia.

— Nem pensar, Valentina!! — vociferou ela. — Não vai rolar workshop nenhum na França, garota! Tá louca?!

Humpf, *garota*!

— Por quê? É um curso de um mês! Um mês só! Posso fazer nas férias! Vai mega me ajudar caso eu faça moda mesmo, tem tudo a ver com a carreira que eu quero!

— Eu não vou deixar você ir sozinha pra outro país! — exclamou ela.

O curso tinha a duração de duas semanas em Paris com um ex-diretor tipo muito importante da Galeries Lafayette, com direito a visita aos bastidores do que para mim era um templo da moda!

— Não é sozinha, mãe. É uma galera que vai — argumentei.

— Todo mundo vai sozinho nessa "galera", mas você mal sabe andar com as próprias pernas aqui no Rio, Valentina! Você tem tudo na mão, o motorista que leva e busca em quase todos os lugares, faz todos os cursos que quer fazer, tem todas as roupas que deseja... Imagina você em um país que não fala a sua língua? E tem outra coisa: eu não sou mãe da galera, sou *sua* mãe! — discursou mamãe, jogando na minha cara a incompetência que eu tinha para ser uma pessoa responsável e autônoma.

Minha mãe era legal, mas sabia ser bem cruel quando queria. Esse tipo de coisa é o que minha psicóloga querida chama de invalidação. Só que me invalidar nunca foi exclusividade da minha mãe. Minha família era ph.D. nisso.

De repente, ouvi a voz de minha avó, que chegava pelo corredor e já ia se metendo na conversa sem a menor cerimônia.

— Paris? Eu posso ir com ela, Petúnia — sugeriu.

— Mas eu quero ir sozinha! Que parte vocês não entenderam? — gritei. — Vocês precisam... vocês precisam... m-me deixar crescer... — pedi, já com lágrimas nos olhos.

Eu disse que não era fácil ser eu.

Magoada por me sentir incompreendida tantas vezes dentro de casa, saí dali e me tranquei no meu quarto. Fui escovar os dentes e, vou confessar, machuquei propositalmente minhas gengivas. O gosto do sangue (sim, cutuquei tanto que até sangrou) misturado com a dor e a ardência estranhamente me aliviou da angústia de me sentir tão sozinha. Mais que sozinha, solitária.

Foi assustador perceber que a dor física me deu uma espécie de prazer.

Nesse momento, lembrei da Demi Lovato, que se cortava no auge do sucesso. E lembrei também de tantas outras pessoas que se automutilam e sofrem em silêncio. Comecei a chorar, disse para mim mesma quão patética era aquela cena e bochechei na hora, com muita água. Prometi para o espelho que nunca mais faria isso. E não fiz mais, mesmo. Esse negócio de se machucar não é pra mim, mas entendi mais ou menos o que se passa na cabeça de quem faz uma coisa dessas. A cabeça, eu vou te falar, é uma parada muito sinistra e louca. Muito louca.

Minha vida se resumia basicamente ao seguinte: em casa, o ambiente era hostil e eu não podia ser totalmente eu mesma, então eu me isolava. Fora de casa, passei a usar uma armadura de arrogância que nem sei explicar. Quando dei por mim, percebi que estava extremamente arrogante, me achando a última Chanel de liquidação de brechó chique. Menina convencida, é o que diz minha avó sempre que vê uma brecha. Metida, como diziam pelas minhas costas na escola. Metidina. Vaquina. Maquiaveliquina. Não, esse último foi péssimo, mas deixo isso para a Tetê, que é a rainha dos apelidos.

Dois dias depois, Stella veio dormir em casa depois do teatro, e sem nenhum tipo de repreensão por parte da minha mãe ou da minha avó, o que me deixou bem felizinha. Resolvi desabafar com ela e contei tudo da minha vida e mais um pouco. Falei de tudo o que eu já tinha feito, sofrido, e de toda a dor que causei às pessoas e a mim mesma. Foi bom. Nunca tinha feito isso na vida (tudo bem, já tinha conversado com a psicóloga, mas é bem diferente falar com uma amiga), e sabia que eu encontraria compreensão e carinho naquela menina de sorriso largo.

— Tá bom, entendi! A Rejeitadinha da Estrela sofria calada em casa e aí resolveu fazer bullying na escola com geral pra descontar a falta de amor? Sei.

Ui! Stella Sincerinha. Abri meu coração pra ela e tomei com o martelo da franqueza bem forte de volta na cabeça.

— Tá bom, é verdade, Stella. Nunca tinha pensado desse jeito, e você resumiu meio toscamente minha vida nos últimos anos, mas tudo bem. Acho que é bem por aí.

— Ah, conta outra, Valen! — pediu ela.

Por mais clichê que seja, de modo geral, acho que crianças e adultos que praticam bullying são pessoas que não aprenderam a transformar raiva em diálogo. Hello?! Essa era eu!

Mas só descobri isso na terapia, que faço desde o ano passado. Até conhecer a Stella, eu só conseguia me abrir com minha *pseita*, que é como eu chamo a Elaine, a psicóloga perfeita, que estava me ajudando a me conhecer mais e a trabalhar com afinco para evoluir um pouquinho a cada dia e ser uma pessoa melhor.

Nunca fui de me abrir, nem em casa, nem fora de casa. Enquanto várias meninas me contavam tudo, eu não contava absolutamente nada para ninguém sobre o que se passava de verdade dentro de mim. Sabiam da minha vida só o que eu queria que soubessem, e nunca nada profundo, ficava só na superfície, como um Instagram de carne e osso. Mas aquela era a primeira vez que eu desabafava com alguém. Em 17 anos.

A Stella, minha mais nova amiga de infância, reagiu dessa forma, digamos, meio "truculenta". Fiquei aliviada por ela não puxar meu saco, como todo mundo faz, mas confesso que também um pouco decepcionada por ela ser tão dura comigo em um momento que eu estava tão despida de máscara, de pose, de tudo que é *fake*.

— Contar outra? Não tem outra pra contar. Se não quiser, não acredita! — reagi, irritada.

— Claro que eu acredito em você, Valen. Desculpa se te chateei. Só queria fazer uma ceninha porque, se isso aqui fosse teatro, a plateia ia estar aplaudindo a gente em cena aberta.

Eu queria matar a palhaça, mas ela logo me deu um abraço de urso. E ainda com os braços ao me redor, me disse:

— O ser humano é muito complexo, não dá pra ninguém julgar ninguém. Eu amo aquele verso do Caetano: "Cada um sabe a dor e a delícia de ser o que é". Profundo, né?

— É... — falei, pensativa.

— É? Só é? Cito um pensamento profundo desses, de um dos maiores compositores do mundo, e você só diz "É"? Ah, vá!

Eu ri.

— Eu te odeioooo! — brinquei.

— Sério, Valen. Não se culpe por ser humana.

— Mas eu sinto que as pessoas me olham estranho, como se eu fosse um monstro.

— Você era.

— Eu era? — Fiquei espantada com o que ela falou.

— Era. Pelo que você me contou, suuuuper era. Desculpa, mas é o que eu acho. E olha que tô ouvindo só a sua versão. Imagina se eu ouvisse as histórias das pessoas para quem você fez mal?

Honestidade, seu nome é Stella. Baixei os olhos, envergonhada.

— Mas não é mais! — continuou ela — O monstro morreu. Mórrrrreeeelll! Agora pensa que você tá analisada, tem 17 anos e uma vida toda pra ser gente boa pela frente. E pra conquistar todo mundo pelo que você é de verdade, por dentro.

— Ô, Stella... — sorri, genuinamente feliz.

— Eu sei, arrasei com as palavras, né não?! — Ela deu uma pausa pra beber o chá de frutas vermelhas que eu a obriguei a experimentar, fez uma cara de quem tinha engolido o sangue das tripas de um filhote de ganso, respirou fundo e perguntou, na minha cara: — Agora vamos ao que interessa: o que você sente pelo Erick?

Eita... O Erick... então...

— O Erick era tão doce, tão fofo e tão *maravigold* comigo quando a gente namorava... Ele era o namorado perfeito. Na verdade não era, mas eu achava que era — confessei, abrindo meu coração.

— Tô ligada, cê já falou isso.

— Já? — perguntei, espantada. — O Erick foi minha primeira paixão, quer dizer, acho que foi.

— Se você só acha, quer dizer que ele não foi — diagnosticou Stella.

— Discordo. O que eu não sei é o que era maior, minha paixão por ele ou pela paixão que ele sentia por mim — confessei.

Era verdade. Era tão gostoso sentir que o Erick era apaixonado por mim. O garoto mais lindo do mundo era meu, adorava minha companhia, me fazia rir e também se divertia comigo. O mais perto de um amigo que eu já tive foi o Erick. E ainda beijava muito gostosinho... Mas até ele eu consegui afastar de mim. Não que ele não tenha feito por onde!

— Você e seu jeito estúpido de ser afastaram o *boy* de você — disse Stella.

— Meu jeito estúpido? Caraca...

Fiquei cho-ca-da com a grosseria.

— Não conhece Bethânia, né? Ave Maria! Isso sim é uma falha grave de caráter, Valentina. — Stella fez graça. — Eu venero Maria Bethânia, minha mãe venera a Bethânia, eu saio de Bethânia no Carnaval, eu cito versos que a Bethânia canta, como esse do *jeito estúpido*.

Aaaaaahhhmmmm. Era um verso... Que bom.

Ela continuou, como que tomada por uma ventania de Mariabethanice sem precedentes.

— Eu queria ser amiga da Bethânia para que ela frequentasse lá em casa, eu queria chamar a Bethânia de Thânia ou de Bê, tipo paulista. Eu queria falar de vida e filosofia com a Bethânia, entende?

— Você entende alguma coisa de filosofia?

— Claro que não, mas por ela eu aprenderia qualquer coisa. Eu lavaria as calcinhas dela, amor.

Ri com a doida.

— Eu vou apresentar umas músicas dela pra você conhecer coisa boa, tá? Porque, sim, eu amo música brasileira, graças a Deus!

Stella é *louquinha mesmo*, pensei comigo.

— Mas voltando ao assuntoooo! Você gosta ou não gosta do Erick?

Eita!

— Não sei.

— Não sabe quer dizer que gosta — provocou ela.

— E se eu falasse que não gosto?

— Teria o mesmo significado — escancarou. Eita! Eita!

— Cê acha que eu gosto dele, então? — perguntei, mesmo sabendo a resposta dela.

— Totalmente acho. Eita! Eita! Eita!

Respirei profundamente.

— Ele foi meu primeiro, Stella.

Ela suspirou lentamente, chegou a fechar os olhos.

— Primeiro e único — continuei.

E então Stella me puxou para um abraço e disse no meu ouvido:

— Entendi tudo, amiga.

Ficamos ali abraçadas por um tempo...

— Eu nunca na vida ia pensar que você só teve um garoto, Valen!

— Ninguém pensa! Nem aqui em casa pensam. As pessoas me julgam pela aparência mesmo! Só porque eu tenho fama de bonita acham que eu pego geral. As pessoas não sabem de nada!

Baixei a cabeça e chorei.

— Você não tem "fama de bonita", Valen! Você é linda! Aceita! Qual o problema de aceitar isso?

— Bom... Bonita ou não, esquece. O Erick tem namorada.

— E ela é sua amiga.

— Exatamente. Exatamente...

— Mas tem o tal do Bernardo, que você anda dando uns pegas por aí, que você me disse...

— Nããão! A fila andou, Stella! O Bernardo é só um garoto que eu conheço desde pequena, amigo da pracinha que sempre foi meio chatinho. Se fosse uma peça, ele seria aquele personagem AMIGO 5, sabe? Que não tem nem nome?

— Cruzes! Que má, você! — falou Stella, rindo.

— Ah, nisso eu sou má mesmo. Lembro que mordi a bochecha dele uma vez, eu devia ter uns 4 anos, e rolei de rir quando ele chorou. É um espanto, mas lembro direitinho desse dia, acredita?

— Tô chocada — brincou Stella.

— Sou má desde o berço, né? — ironizei.

— Praticamente! — disse ela, acompanhando minha ironia.

— Bom, resumo da história: Bernardo cresceu e ficou bonitinho, mas ainda chatinho. Foi o primeiro cara que eu peguei depois de terminar com o Erick. Depois dele, peguei outros, até, mas ele é uma espécie de *crush* fixo. É tipo... um passatempo que faz bem pro meu ego.

— Essa última frase é de vilã de novela mexicana, tá? Só pra você saber — disse Stella, sem deixar claro se estava falando sério ou brincando. — Passatempo ou não, ele gosta de você, pelo que entendi.

— Entendeu errado, quem acha isso é a Laís — afirmei.

— Se esse Bernardo não é ninguém na fila do pão, por que você não tenta o Levy?

— Oi?! O Levy? Do teatro?! — exclamei, espantada.

— É, ué. Você conhece outro Levy por acaso, mulher? — Stella, sempre direta. — Ele é louco por você, sabia?

— O Levy?! Tá doida? — perguntei, sem acreditar.

— Não tô doida. Elezinho mesmo.

— Mas o Levy, Levy? — insisti. — O estudante de Arquitetura, ou é Direito, sei lá, mais velho que a gente, que faz teatro pra perder a timidez, que tem uma cicatriz cheia de personalidade na sobrancelha esquerda e *cabelim bem charmozim*?

— Afe, criatura, siiiiiim!!! Tô falando grego, por acaso? É o Le-vy mesmo! L-E-V-Y, caramba! — respondeu, impaciente, a dona dos cachos mais lindos que eu conheço.

— Como você sabe que ele vai com a minha cara? — eu quis saber.

— Porque eu não sou cega. E porque eu sou amiga dele, lembra? O jeito que ele te olha é a coisa mais linda.

— Sério?

— Seríssimo. Abre o olho e olha pra fora, Valen! Presta atenção nos sinais que o mundo te dá.

— !!!

Eu estava chocada.

— Por que você não chama ele pra sair depois da aula, semana que vem?

— Será? Não sei... Prefiro que ele tome a iniciativa...

Eu já estava querendo me esquivar da situação totalmente inusitada para mim quando a Stella me interrompeu:

— Ah, desculpa, esqueci. Você não só ainda *gosta* do Erick, como quer continuar gostando dele, mesmo ele namorando outra. Ok, sua cabeça é seu guia, deixa o Erick aí dentro de você pra sempre. Vai ser bem sagaz da sua parte — zoou Stella, ácida, debochada, maravilhosa, dona do posto de melhor pessoa.

E foi assim que eu entendi o papel de uma verdadeira melhor amiga na nossa vida.

GALERIES LAFAYETTE, UM EMPÓRIO DE LUXO

Inauguradas em outubro de 1912, as Galeries Lafayette nasceram com um objetivo: ser um "empório de luxo", em que a abundância e o glamour das mercadorias atraíssem a atenção das clientes. Deu certo.

Por causa do impulso das lojas de departamentos depois da Segunda Guerra Mundial, as compras se tornaram uma atividade de lazer, e uma grande reforma deu ainda mais destaque ao local. Foram acrescentados espaços não comerciais às 96 seções de vendas: um salão de chá, uma sala de leitura, uma área para fumantes e, na cobertura do edifício, o terraço oferecia uma vista panorâmica de Paris. Não demorou para a loja do Boulevard Haussmann virar um dos locais mais visitados da cidade. Templo, né, mores?

Capítulo 6

NA SEMANA SEGUINTE, COMECEI A PERCEBER QUE A SAMANTHA e o Erick não estavam bem. Um dia, eles chegaram separados na escola — e eles sempre foram megagrudadinhos, o que me irritava profundamente — e, na sala, sentaram longe um do outro.

O pensamento que eu não consegui evitar, por mais que quisesse, foi: *Oba! Brigaram!* Tudo bem que eles viviam terminando e voltando, mas, mesmo assim, comemorei por pensar que seria a briga derradeira.

E aí você me fala: mas e o Levy *cabelim escorridim*? E eu respondo: Levy quem? Exato, minha cabeça apagou todo e qualquer pensamento sobre o que poderia vir a ser quem sabe um dia um possível talvez encontro com o Levy *cabelim escorridim*. Dentro dela só dava Erick. Naquele momento, eu me dei conta de que a Stella estava certa: eu ainda gostava dele.

Mas, poxa, eu não sou má pessoa. É só que... Ah... Respira, Valentina! Respira! Ah! Assim... Erick e Samantha... Nem *ship* existe, mesmo depois de tanto tempo! É um casal que passa batido no mundo. Samanterick? Erimantha? Faz favor!

A sensação que eu tenho é a de que... como é difícil isso... a sensação que eu tenho é a de que nós dois éramos pra sempre. É! Pra sempre! E pra sempre é forte, é negócio de... Ah, pra sempre é autoexplicativo, não tem nada que ficar aqui desenhando, qualquer pessoa sabe o que isso significa. O Erick, verdade seja escancarada, carregou a faixa imaginária de AMOR DA MINHA VIDA.

Muito intenso isso? Ah, mas que adolescente leonina de 17 anos não é intensa? Existe alguma? No peito da Valentina Arrogantina também bate um coração. Vrááá, não é só a Stella que cita versos de músicas!

Voltando ao Erick e à sua namorada, minha amiga e colega de curso de teatro Samantha, a fofa e super gente boa Samantha: eu não torcia para o fim dos dois, mas, como é que eu vou dizer...? Também não torcia a favor. E não sei se por carência, dor de cotovelo ou amor! É muito difícil lidar com essas coisas quando a gente é nova!

Explico melhor. Sabe aquela coisa de ex que não quer ver o outro plenamente feliz com ninguém? Ao longo da semana, vi que eles tentaram melhorar o clima, mas a Samantha parecia dura com ele. O que será que o Erick tinha aprontado? Na sexta, ela não foi à aula e ele ficou meio cabisbaixo pelos cantos. Nem jogou futebol, que eu reparei. Só então eu vi quanto ele gostava dela.

O sinal para tirar o Erick da cabeça apitou. Stella disse que eu "pre-ci-sa-va" de um *boy* novo imediatamente.

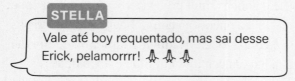

STELLA
Vale até boy requentado, mas sai desse Erick, pelamorrrr! 🙏 🙏 🙏

Obedeci. Bora então requentar um *boy*, o insosso-porém--sempre-disponível Bernardo, o chatinho-porém-encantadinho-comigo Bernardo. Era sexta-feira e eu não era obrigada a ficar em casa enchendo a cara de chocolate e vendo série madrugada adentro. Até porque chocolate tem me caído bem mal nos últimos tempos. Meu estômago não tem aguentado e eu ponho tudo pra fora.

Bem, mandei mensagem pro garoto.

> **VALEN**
> Oi, Bê, tudo bem? Qual a boa de hoje? Me leva? ☺

Tá, atire a primeira pedra quem nunca escreveu para um garoto quando estava pensando em outro que não pode ser seu. Bom, eu até sabia a resposta: "É nóix, Valen!" Odeio "é nóix", mas tudo bem, certeza de que ele falaria aquilo. E eu só queria mesmo um aconchego na alma.

O *plim* no meu celular não demorou.

> **BERNARDO**
> Foi mal, mas hj já tenho compromisso, querida.

Querida? *Querida*? Aaaaaaaaaaaaaaahhhhhh! Que ódioooooo!

É óbvio que o idiota morreu para mim naquele exato momento. Eu tive vontade de mandar o garoto — que estava, ao contrário do que eu pensava, nitidamente ZERO louco por mim — para muitos lugares horrorosos, mas não consigo reproduzir. Por quê? Porque sou a elegância em pessoa. Praticamente uma Audrey Hepburn com uns quilos a mais.

Depois do toco que tomei via WhatsApp (o pior toco que pode existir, aviso logo!) voltei a pensar no Erick. Tira o Erick da cabeça, Valentina, tira o Erick da cabeça, Valentina, disse a anjinha de voz muito lúcida que mora dentro de mim. Tira o Erick da cabeça, Valentina. Ok, voz lúcida, angelical e insistente. Mas eu merecia. E essa voz me lembrou de novo da Stella. Enfim resolvi seguir o conselho dela.

> **VALEN**
> Oi, Levy, tudo bem? Pensei em ver uma peça aqui no Shopping da Gávea. Bora?

Falei tudo assim, decidida, sem rodeios, em um balãozinho só (até porque muitos balõezinhos é uma coisa que me irrita).

Um segundo, dez, vinte, trinta... Um minuto... Nada dos risquinhos ficarem azuis... Como assim o garoto ainda não viu?

Opa!

Visualizou! Iupiiii! Ebaaaaa!

Tic-tac tic-tac tic-tac.

Conferi mais uma vez e... nada. Nem digitando ele estava. Dei um pulo no Instagram pra curtir a vida alheia e não pensar na resposta dele. Voltei para o Whats. Nada.

Risquinhos azuis. O palhaço visualizou e não respondeu. ELE VISUALIZOU E NÃO RESPONDEU! Não creio! Não existe tragédia maior que essa. Ok, existe, mas você entendeu.

A cabeça não parava: *O que tá acontecendo? Por que nada tá dando certo pra mim? Será que estou fadada à solteirice eterna?* Também, quer saber? Ca-guei. Não preciso de ninguém do meu lado pra ser feliz. Vou ficar sozinha, sim. E por opção! Vou aprender a gostar mais de mim! Vou ter um relacionamento sério comigo mesm...

PLIM!

> Que surpresa boa essa mensagem! Bora! 😊

Aêêêêê!, berrei por dentro quando li aquilo. E senti o coração bater de um jeito que achei muito estranho. Até outro dia, o Levy era nada pra mim. Nada, inexistente, zero, um ser inanimado praticamente, uma estátua dessas da orla de Copacabana. Só um menino do teatro. Por que eu tinha ficado tão feliz com a mensagem dele? Teria sido porque a Stella disse que ele me olha bonitinho?

> **VALEN**
>
> Pode escolher. Todas as peças que estão em cartaz lá parecem boas. E, como disse o Caíque, nada melhor que ir ao teatro pra aprender teatro ;)

E assim, de repente e surpreendentemente, o Erick saiu da minha cabeça. Não sei se só por uns minutos ou se para sempre. Mas, naquele momento, eu estava feliz como havia muito não ficava. Pronto. Era o que eu precisava para virar a página de vez com o Erick. Nossa, se soubesse que era tão fácil, tinha falado antes com o Levy. Se eu pensass...

PLIM!

> **ERICK**
>
> Oi. Blz? Queria te ve. Muito. O q c vai faze hoje?

(Antes de mais nada, o Erick tem essa mania terrível de tirar o r dos infinitivos, o que me irrita profundamente. Dito isso, vamos ao que pensei no momento:) O quêêêêêêêê?! Carambaaaaaaaa!!!!! Nããããããão! Qual o seu problema, destino? Tá de brincadeira, né?

Revirou tudo dentro de mim.

E agora? O que eu respondo? O que eu respondo?, me perguntei com o celular na mão, doida pra dizer que, sim, eu estava livre.

Mas eu não estava.

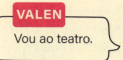
Vou ao teatro.

Eca! 😭

😝

Tô zoando. A Samantha me levou pra ve uma peça outro dia e até q gostei. Cês tão nessa agora, né?

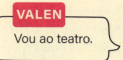
É.

Confesso que ler o nome da Samantha e imaginar os dois juntinhos no teatro me gelou o peito.

Queria conversa com você. Sobre essa viagem que ela vai faze no fim do ano, depois da formatura

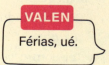
Férias, ué.

> **ERICK**
> Logo depois que a gente se forma? Nem fala de vestibular? Só foge do assunto. Ela não sabe nada dessa viagem! Nem qts dias vai ficar? Muito doido.

É. Erick tinha um argumento válido. Viagem assim, toda enigmática, estava esquisito mesmo. Será que foi por causa disso que ela ficou estranha na aula da Marcia pra falar de futuro?

> **VALEN**
> Não sabia que ela ia viajar. Mas acho que não tem nada de mais, só férias mesmo. Passa aqui em casa quando quiser. Minha avó falou outro dia que tava com saudade de você.

> **ERICK**
> Dona Elvira♥

> **VALEN**
> Se quiser almoçar aqui amanhã...

> **ERICK**
> Fechado! Jamais perderia o rango da sua casa. Só não comenta com a Samantha, por favor. A gente tá brigado, se ela souber que eu vou almoça com você pode piora o que já tá ruim. Tudo bem?

Morri.

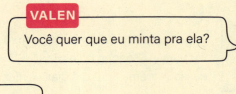

> **VALEN**
> Você quer que eu minta pra ela?

> **ERICK**
> Menti? Não! Omiti, pow.

Ain... E agora? O que eu respondo?

Será que é uma infração gravíssima omitir da Samantha que o Erick vai almoçar comigo na minha casa?, eu refleti, enquanto ele digitava a mensagem que entrou a seguir.

> **ERICK**
> Cara, na boa, vocês nem são próximas, vai. Eu tô precisando de uma amiga, Valen. E eu confio muito em você.

Ai, como eu queria que a Laís visse isso. Podemos ser amigos, SIM!

> **VALEN**
> Tá bom!

E a minha curiosidade de saber se era só mais uma briga ou se eles iam terminar de vez? Por causa da tal viagem que eles tinham brigado? Mas que viagem era essa?

Meu Deus! Eu precisava de ajuda para aquela questão.

> **VALEN**
> Stellaaaaa! Responde rápido: você acha muita bandeira perguntar pro Erick se existe a chance de ele e a Samantha estarem brigados pra sempre? Ele quer vir almoçar aqui amanhã. E pediu pra eu não falar nada pra ela. 😬

> **VALEN**
> Stella

> **VALEN**
> Stella!

> **VALEN**
> STELLAAAAA!!! Fala comigo!!!!!

> **VALEN**
> Andaaaaaaa! Respondeeee!

> **STELLA**
> Claro que é bandeira! Não pergunta isso pra ele, né? Ainda mais por Whats.

Saco! Obedeci.

VALEN
A gente almoça por volta de uma, uma e meia, mas se quiser chegar antes pra conversar...

ERICK
Não dá, tô fazendo tênis em São Conrado, vou chega aí bem esfomeado pra come. Kkkkk!
A gente conversa depois do rango, pode se?

VALEN
Claro! Inté!

ERICK
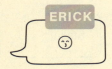

    Ele estava fazendo tênis e eu nem sabia... Tanta coisa dele que eu não sabia mais... E a viagem da Samantha, sobre a qual eu não sabia absolutamente nada? Ninguém sabia, eu acho. Queria falar com ela, mas como ela não me contou nada, achei melhor esperar. Uma hora ela ia me falar, né?
    Erick e Samantha precisavam sair da minha cabeça. Era dia de ver peça com o Levy e eu prometi pra mim mesma fazer de tudo para não pensar naquele lindo que eu... Ah, deixa pra lá.

Foi ótimo o teatro com o Levy. A peça tratava da relação de um casal em crise, com direito a sogras, brigas apatetadas, tapas e beijos. Os atores eram ótimos, a plateia riu, aplaudiu em cena aberta, chorou. Era bacana a magia do teatro. Naquela sala escura, eu realmente tirei meu pensamento de qualquer coisa que não fosse o que acontecia no palco. Achei muito bonitinho: quando acabou, o Levy foi um dos primeiros a se levantar pra aplaudir. Acho lindo isso de aplaudir de pé, de mostrar para todos os envolvidos que eles merecem ser aplaudidos de pé, em agradecimento pelo entretenimento que acabaram de oferecer.

Senti meus olhos encherem d'água quando o teatro inteiro não parava de bater palmas. Um dos atores pediu silêncio para dar um recado que achei engraçado:

— Se vocês gostaram, por favor, indiquem aos amigos. E se não gostaram, é só guardar isso pra vocês ou indicar para os inimigos, tá? — disse o mais novo do elenco, causando risos gerais. — Brigado, gente!

E mais e mais aplausos. Eu e Levy rimos, cúmplices da piadinha dos inimigos. Depois Levy me contou que aquilo era bem comum no fim de alguns espetáculos. Eu, nada frequentadora de teatro, obviamente não sabia.

Fomos andando até o Baixo Gávea, que fica bem perto do teatro, sentamos no japa da Rua dos Oitis e pedimos rolinho primavera e nirá. Silenciosamente, comemorei o fato de estar com uma pessoa de outro universo, completamente diferente do meu.

E foi tão bom! A conversa rolou fluida, madura, fácil. Fiquei até espantada. Que cara maneiro, que me fez rir, e olha que eu não sou nem de chorar nem de rir! Quanto mais ele falava, mais eu gostava dele e mais bonito e interessante ele ficava. Cavalheiro, gentil, nem tentou me beijar nem nada. Até fiquei pensando se ele estava mesmo a fim de mim, como garantiu a Stella. Durante o jantar, rolou uma mão na minha mão, uma pausa prolongada com olhares interessados, mas nada mais.

As horas voaram, o lugar estava lo-ta-do, mas parecia que só eu e ele estávamos ali. Uma sensação de bem-estar tomou conta do meu corpo. Não! Encheu meu corpo. Isso! Não!

Foi como se *preenchesse* meu corpo, tomasse as lacunas. Nossa, que profundo isso. Bem, continuando: Levy foi a melhor surpresa do ano. Fato.

Na volta para casa, a conversa continuou. Era impressionante a nossa conexão, a nossa química. Quando chegamos na minha casa, ele tirou o cinto de segurança para me dar um abraço.

— Então tchau, né?

— Tchau! — respondi, simpática.

Abraçado a mim, ele sussurrou no meu ouvido:

— Espero que a gente tenha mais noites assim. Pode me chamar sempre que você quiser.

Confesso que deu uma arrepiadinha nos cabelinhos da nuca.

— Oba! Parceiros de teatro, então! — falei, me desvencilhando do abraço. — Até semana que vem, Levy.

Quando eu ia abrir a porta para sair, ele tocou no meu braço. Só tocou, suave e docemente. Eu me virei pra ele, a gente ficou se olhando por uns deliciosos segundos, ou minutos, vai saber, e a gente foi se aproximando, se aproximando... e de repente ele segurou meu rosto e me deu um beijão. Um beijaço. Cheio de atitude. Não suave, como eu estava imaginando, mas bom, muito bom. E foi tão rápido que, quando dei por mim, já estava com a minha língua embolada na dele.

— Bonita, gente boa e beija bem. Não tem defeito aí, não?

Nota mil para a melhor primeira frase pós-primeiro-beijo que eu já ouvi na vida.

— Claro que não — reagi, fazendo graça. — Mas quando você falou bonita, quis dizer linda, né?

Ele riu da minha piada boba.

— Linda, linda, linda! — exclamou ele, fazendo um leve carinho no meu rosto.

Senti mais uma arrepiadinha nos pelinhos da nuca. Ui. Os pelinhos do rosto arrepiaram também. Eu tenho pelinhos no rosto, mas são clarinhos, e minha avó diz que é pele de pêssego.

— Tá. Tchau.

E assim, depois de um beijo bem bom, mas bem bom mesmo, eu fui dormir sem pensar no Erick.

Mentira. Pensei sim. Pensei e fiquei surpresa ao constatar que o beijo do Levy era ainda melhor que o do Erick. Que, por sua vez, era, até agora há pouco, o melhor beijador que eu conhecia.

Olha as coisas melhorando!

MINHA DIVA AUDREY

Uma das histórias mais famosas do mundo da moda aconteceu entre Audrey Hepburn e o estilista Hubert de Givenchy, um divo da alta-costura. No início dos anos 1950, ele (prepare-se que lá vem bomba!) SE NE-GOU a vestir Audrey Hepburn. ☺☺☺. Calma, desculpa o spoiler, mas termina bem.

Foi assim, segundo publicado em um texto on-line:

"Quando Audrey veio me pedir para fazer vestidos para seu figurino no filme 'Sabrina', eu não sabia quem ela era e jamais tinha ouvido falar de Audrey Hepburn. Eu não estava inspirado e disse: 'Não, senhorita, não posso vesti-la.'" Então Audrey, um poço de elegância, não levou esse fora pa-vo-ro-so como um desaforo e chamou Givenchy pra jantar.

No fim da noite, Givenchy, encantado, propôs que ela voltasse no dia seguinte à Maison de couture. "Ela me persuadiu, e como fui sábio de aceitar!", disse ele. Givenchy passou a vestir Audrey e nunca mais parou. Esqueça algumas blogueiras equivocadas de hoje, o guarda-roupa dela era elegante dentro e fora das telas, sem fru-fru, simples e naturalmente chique.

Capítulo 7

NO DIA SEGUINTE, NA ESCOLA, EU ESTAVA NO BANHEIRO ANTES da aula quando Samantha se aproximou e me disse baixinho:

— Eu preciso falar com você, Valentina.

E eu senti todos os meus músculos congelarem. Aquele tom! O imbecil do Erick devia ter contado para ela que ia almoçar lá em casa! Ou que tinha me falado que ela ia viajar. Mas por quê? Pra quê?! Com as mãos mais geladas que um iceberg e taquicardia desde a hora em que meus olhos cruzaram com os dela, eu me precipitei e saí falando:

— Desculpa, Samantha, eu não...

— Desculpa pelo quê? Oi?

— Ah... porque preciso ir pra sala, não terminei o dever de História e quero terminar antes de o Paulão chegar.

Foi tudo o que consegui inventar para justificar meu pedido de desculpas.

— Não, por favor. É rapidinho! Eu preciso conversar com alguém, trocar ideias, desabafar!

— Mas comigo? Tem certeza?

— Ah, a Tetê tá com mil coisas na vida dela, o Dudu, o vestibular, sei lá o que da família dele... O Zeca tá enroscado com o *crush* novo dele, só fala disso, nem ia me ouvir. Davi só pensa em faculdade e estudar. O Erick... não sei como falar com ele desse assunto agora, você vai entender. É melhor mesmo que seja alguém não tão próximo...

— Não somos próximas?

— Ah, somos mas não somos, né?

Era verdade. Concordei rindo enquanto ela me puxava para o banheiro.

— Eu não vou prestar vestibular aqui. Eu tô indo pra Portugal.

— Gente, mas por que você não vai depois do vestibular?

— Não. Eu tô indo *morar* lá. Vou fazer faculdade lá. Minha família resolveu se mudar pra Portugal.

Morar?

MORAR???

MO-RAR???

— Eu tô em choque. Morar tipo pra sempre morar?

— Morar tipo pra sempre morar... — repetiu ela, com a voz fraca. Lenta. Fúnebre.

Era uma bomba explodindo na minha frente, e eu tentando fazer cara de paisagem. Eu sabia de uma viagem misteriosa, mas não sabia que era morar fora do Brasil, do outro lado do oceano! E a primeira coisa que pensei, pasme, não foi o Erick.

— Ano passado foi a Bianca, agora você... — lamentei.

É, lamentei. Era muita informação, mas, no fundo, antes de sentir qualquer coisa, eu lamentei a ida da Samantha, mais uma pessoa que até uns minutos antes eu considerava próxima. Não muito, mas próxima. Fui aprendendo a gostar dela aos pouquinhos.

— Como você tá com tudo isso?

— Tô a mil, né, Valentina? A mil. Penso nisso vinte e quatro horas por dia, não tenho dormido direito. Tô com medo, tô ansiosa, tô tudo de estranho. Não tô sabendo lidar.

Eu olhei firme nos olhos dela, solidária, e disse:

— E por que você não contou isso ainda pra ninguém, Samy? Guardar esses sentimentos todos dentro de você não faz bem, não.

— Falou a que se abre com todo mundo, né? — Samantha não perdoou.

— Amor, faça o que eu falo, não faça o que eu faço.

Ela deu um sorrisinho triste.

— Não contei pra ninguém porque preciso assimilar tudo direitinho, Valen. Mas não tô conseguindo, sabe? É difícil aceitar as coisas que acontecem com a gente e a gente não queria que acontecessem.

Nossa... Tão raro a Samantha me chamar de Valen...

Ela continuou:

— E também porque eu acabei de saber, não faz nem dez dias! Minha mãe estava com medo de me dar a notícia, com medo da minha reação. Então ela e meu pai decidiram me contar só agora, mas a verdade é que eu já estava desconfiada, meus pais são péssimos com segredos — contou. — E fora todo o desconhecido que me espera, ainda tem o fato de não... de não... de não conviver mais com vocês, não ver vocês todo dia, não acompanhar a vida de vocês de perto... — choramingou, cabisbaixa de dar dó. — E tem o Erick...

E tem o Erick. E você nem dividiu isso com ele?, eu me perguntei. Mas consegui entender.

Fiquei bem triste por ela.

— A minha mãe conseguiu uma transferência pra Lisboa e meu pai tá deixando o emprego dele aqui, que não é nada ruim, mas acreditando que a vida lá vai ser melhor pra nós, pra nossa família, que aqui no Rio, por conta da violência, da situação do Brasil, essas coisas. Acham que fazer faculdade na Europa vai ser ótimo para o meu futuro. Tem muita gente se mudando pra lá, né?

— Tem mesmo. Mas que incrível seus pais fazerem isso pelo bem da família. A minha é tão diferente... cada um para um lado...

— Nesse ponto é muito legal mesmo, é corajoso meu pai se empolgar pra começar praticamente do zero por lá. Mas na prática é muito dolorido deixar pra trás seu país, seus amigos, namorado, referências. Eu não estava pensando exatamente nisso pra minha vida.

— Imagino. E não tem como você ficar? Com algum parente...

— Não, os parentes daqui não moram no Rio, moram no Mato Grosso, e o resto é de Portugal mesmo, na verdade. Nem teria como. E minha mãe está indo para um cargo maravilhoso, vai coordenar a filial portuguesa da empresa, é um empregão, uma superoportunidade. Mas é claro que ela tá preocupada com a nossa adaptação, né? Por mais que ela tenha consciência do salto que é para a carreira dela, ela é mãezona, se preocupa com todo mundo, quer cuidar de todo mundo, quer que todos em volta dela estejam satisfeitos e sorridentes, sabe?

Hum... Sabia e não sabia. Minha mãe era tão diferente...

— Poxa, que orgulho você deve estar da sua mãe!

— Tô superorgulhosa! Por um lado é muito incrível para ela, para a família também, e por outro eu tô arrasada de deixar tudo aqui. E nem posso dizer nada em casa, eles estão pensando no meu bem, no meu futuro. Mas a verdade é que eu não queria. Principalmente deixar o Erick. Viver longe dele vai ser a coisa mais dolorida. Eu já tô vivendo essa dor, Valen. O meu coração tá sangrando, sabe?

E então Samantha baixou a cabeça e a lágrima caiu forte no chão, fazendo um barulho seco, apesar de ser lágrima. Engoli em seco.

— Eu amo muito o Erick. Muito.

Engoli em seco de novo. Dessa vez, muito mais difícil. Parecia que tinha uma bola de algodão na minha garganta. A culpa de ainda pensar nele revirou meu estômago e bateu em mim tão violentamente que deve ter deixado meu olho roxo.

— Sei... — me limitei a dizer, baixando os olhos para não ter que encarar Samantha.

— Eu tenho me distanciado pra que ele não sofra tanto: mesmo antes de saber a real sobre a viagem eu já estava esquisita. Com ele e comigo. Tenho sido a namorada mais chata do mundo pra que o Erick sinta alívio quando souber que a minha viagem não é uma viagem qualquer. É um adeus.

— Tadinho dele... Tadinha de você — disse, com o coração, por incrível que pareça.

— Tadinho dele, tadinha de mim. Exatamente isso.

— Mas por que você ainda não contou pra ele? Não seria melhor?

— Porque no começo meus pais me falavam que seria uma viagem grande de férias, tipo mais de um mês. Aí comecei a contar isso um dia e só de pensar nesse tempo longe ele já surtou. Cê acredita? Ele sur-tou! Precisava ver a carinha dele.

Sei bem a carinha apaixonada do Erick... Tadinha. Tadinho! Samantha prosseguiu:

— Então quando vi que ele ficou todo assustado com "mais de um mês" longe, resolvi parar por aí. Uma hora eu vou ter que criar coragem e contar a verdade completa. Contar que não falo em vestibular porque... porque não, né? E que não falo em futuro porque não vai ser com ele. Não mais. — Ela baixou os olhos. — Eu preciso de um tempo pra mim, pra digerir tudo, e só então vou poder dividir com ele, com a Marcia, nossa professora, com todo mundo.

Uau... Ela só estava querendo proteger o Erick se preparando para não dar a notícia pra ele de qualquer maneira. De um jeito meio doido, ela estava realmente protegendo o namorado. Que fofa.

— Vai dar tudo certo. O tempo ajeita tudo, Samy.

E quando eu pensava que a explosão estava completa, uma outra coisa explode grande, explode bonito.

— Mas meu problema não é só o Erick. É o Caíque também. E isso tá me tirando o sono de um jeito péssimo.

Ah, sim. A enxurrada de surpresas de Samantha não estava nem longe de acabar.

— Nossa, o que tem o Caíque? — perguntei, com a curiosidade estampada na minha testa.

— Não conta pra ninguém, mas ele me convidou pra ser a protagonista na nossa peça de fim de ano... e eu aceitei!

— Mentira!! Que demais! Você merece, Samy, parabéns!

Era muita novidade pra uma manhã só! Achei o máximo, claro. A Samantha tinha o dom, e o Caíque tinha toda razão em convidá-la. Mas o que isso tinha a ver com a mudança pra Portugal?

— Obrigada, mas não é pra comemorar, não...

— Ué, qual o problema disso?

— É que, depois que aceitei, eu soube que ia viajar... justamente NO DIA DA PEÇA! E não tive coragem de falar pra ele ainda.

— Sua viagem é *no dia da peça*? Não é possível! Pede pra ele mudar o dia!

— Não tem como. O teatro não tem agenda, só tem esse dia mesmo, eu já pesquisei.

Eita.

— Mas por que você não troca a passagem? Viaja um dia ou dois depois...

— Porque não é simples assim, envolve um monte de coisas, a empresa da minha mãe está custeando uma parte da mudança, foram eles que emitiram a passagem da família, minha mãe tem dia certo pra estar em Portugal, e também tem o dia da entrevista na universidade que eu vou fazer e que é justamente no dia seguinte da peça, ou seja, se eu não viajar nesse dia, não chego a tempo.

— Tá, tá, entendi. Então você tem que falar para o Caíque tipo ontem, Samantha! — alertei, aumentando o tom de voz.

Samantha respirou fundo, como se para criar coragem para dizer o que ela falaria a seguir, e não demorou para verbalizar a resposta mais chocante do milênio.

— Valen, a verdade é que... eu... eu não quero contar.

— Como assim, Samantha?!

— Pois é. Esse papel de protagonista é muito incrível, eu queria muito fazer, desde o começo, e queria sentir o gostinho de interpretá-lo, pelo menos um pouco, nos ensaios. Não pensei em ficar ensaiando o papel até o fim, mas eu poderia ficar por um tempo e depois eu conto para ele e saio, e ele pode me substituir. Isso é muito horrível?

— É muito horrível, Samantha. Muito horrível — respondi antes mesmo que ela terminasse sua pergunta.

— Mas se eu contar da viagem pro Caíque agora, eu não vou nem participar do primeiro ensaio!

— Óbvio, ele vai precisar ensaiar a peça com a pessoa que *vai mesmo* interpretar o papel, né? Não uma pessoa que tá indo embora.

— Tá bom! Tá bom! Para de me julgar! — gritou Samantha, estressada. Respirou fundo e foi adiante com seu raciocínio estúpido e surpreendente: — São quatro meses de ensaio. Eu fico dois, depois saio. Dois meses é tempo de sobra pra quem ficar no meu lugar poder ensaiar e ir bem na peça.

Fiquei chocada.

— Samantha, isso é bizarro. Quanto mais tempo a protagonista ensaiar, melhor ela vai se sair na peça. Se ensaio é importante pra ator profissional, imagina pra nossa turma, totalmente amadora? — argumentei, ainda sem acreditar naquela postura egoísta. — Dois meses podem ser o bastante pra você, mas talvez não pra pessoa que ficar no seu lugar e encarar uma plateia lotada. É sacanagem com a pessoa, com o Caíque, com todo mundo!

— Poxa, Valen, eu só queria aproveitar ao máximo o tempo que ainda me sobra nesta escola, nesta cidade, pra estar com meus amigos, fazendo uma coisa que amo e queria muito enquanto eu ainda estou aqui. — De repente, ela começou a chorar de verdade enquanto falava. — E se nunca mais a gente se encontrar? Eu sonhei em fazer essa protagonista desde o minuto em que sugeri de a gente adaptar o livro da Babi Dewet pra peça. Cara, *Sonata em Punk Rock* é um dos meus livros preferidos, a adaptação vai ficar demais, e eu tenho plena condição de ser a protagonista. Eu sei que não é justo eu fazer isso, mas também não estou achando a vida justa comigo. Só por causa dessa mudança idiota que minha família inventou de repente, tudo e todos que eu mais amo na minha existência vão desaparecer daqui a pouco... Que droga!

Caraca, que dilema! Por um lado, eu estava morrendo de pena, entendendo perfeitamente os sentimentos da Samantha. Na ansiedade de fazer com que o tempo com os amigos no Brasil durasse mais, com o medo de ficar longe da gente e de tudo com o que já estava acostumada, ela claramente nem sequer tinha cogitado se colocar no lugar da colega de turma que faria a protagonista depois. Por outro lado, eu estava impressionada como todo mundo tem um lado nada legal. Todo mundo. A Samantha estava omitindo aquela informação do Caíque *por livre e espontânea vontade*, pensando em ensaiar até quando quisesse, mesmo não podendo ser a protagonista porque voaria para outro país, *para morar*, no dia da estreia! Aquilo era falta de coleguismo, falta de empatia e falta de noção. E ela estava achando tudo aquilo nor-mal. Na cabeça da Samantha, ela não estava sendo tão egoísta, era uma coisa compreensível, justificável. Mas não, definitivamente não era. E ao ver Samantha ali na minha frente, com duzentos mil pontos de interrogação à sua volta, entendi que uma atitude ruim não classifica uma pessoa como ruim. Pessoas boas fazem coisas ruins, sim. E é assim, errando e aprendendo. Entendi isso na análise com a Elaine, o que me ajudou muito a seguir em frente depois de tudo o que eu tinha feito para tanta gente. A gente não é um monstro total. Às vezes, a gente só não enxerga direito as pessoas ao nosso redor e tenta descontar nelas a nossa dor. Tentei fazer com que a Samantha visse isso.

— Samy, eu entendo como você se sente, mas pensa como vão se sentir a atriz que vai ser a protagonista de verdade, o Caíque e o resto do elenco. Não precisa ser já, mas promete que vai contar para ele?

Então os olhos dela voaram para longe, acompanhando seu pensamento arrependido. Ela me olhou espantada, como que saindo de um transe. Abracei quase que instintivamente minha colega agora mais próxima, e ela agradeceu, ainda enxugando as lágrimas, e fazendo um "sim" bem de leve, mas meio hesitante, com a cabeça.

Mudei de assunto pra tentar desfazer o climão.

— Ah, eu queria tanto que o Caíque me deixasse cuidar só do figurino. Sou péssima atriz!

— Não é não! Você é ótima! — falou ela com voz ainda murcha e embargada.

— Será que vão gostar? Será que vai gente na peça pra gostar?

— Claro, vai lotar, tenho certeza — respondeu, sem tanto entusiasmo e parecendo estar com o pensamento ainda longe.

Não foi difícil compreender que estava bem chato ser a Samantha naquele momento. E ela estava lá, na minha frente, toda frágil, se abrindo comigo sentada no azulejo gelado do banheiro. Devia estar difícil pra ca-ram-ba ter de enfrentar o que ela estava vivendo.

Samantha e eu chegamos atrasadas na aula de História, e Paulão já estava na sala escrevendo na lousa.

— Hoje vamos falar da Revolução dos Cravos, ou Revolução de 25 de Abril, que aconteceu em 1974, em Portugal! — avisou ele.

Eu e ela nos olhamos boquiabertas com a coincidência. Portugal estava mesmo ali com a gente, na cabeça da Samantha, do Erick e agora da minha. Samantha olhou pra mim, e sorri serena e cúmplice para ela, com o coração pequenininho.

Às vezes, não é nada fácil ser a gente.

No Insta, um pouco depois de chegar na escola, curti uma selfie em que a Samantha estava toda sorridente e bem menininha, com a legenda "Bom dia, felicidade! #gratidão". Felicidade era tudo que não fazia parte da Samantha nos últimos dias, eu sabia. Mas eu curti a foto *fake news* por ela, mesmo com aquele #gratidão que me irrita profundamente. A curtida me deixou um pouco bolada, e eu precisei dividir pouco depois de curtir.

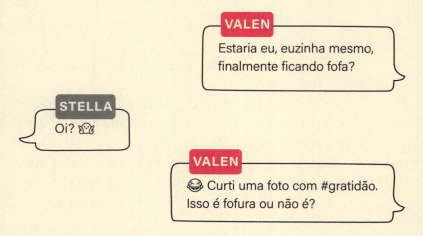

Capítulo 8

QUANDO A CAMPAINHA DE CASA TOCOU, MEU CORAÇÃO QUASE parou. E eu experimentei uma sensação de quentura misturada com gelo que foi uma coisa de maluco. Desci as escadas correndo.

— Cuidado pra não cair! — alertou minha avó ao me ver voar pelos degraus.

— Quem vai cair é seu queixo quando souber quem veio almoçar com a gente, vó!

— Ah, que bom, mesa cheia. Achei que íamos comer só nós duas, já que sua mãe foi almoçar com umas amigas.

Abri a porta e vi Erick muito lindo com seu uniforme de aula de tênis! Ele me deu um abraço apertado que me fez ter vergonha. *Vai que ele ouve meus batimentos acelerados e acha que eu ainda gosto dele?*, pensei, com as mãos suadas.

— Obrigado por me receber aqui, viu?

Nessa hora, meu telefone, que estava no bolso da calça, tocou. Olhei para o Erick meio sem jeito, mas ele me deixou à vontade.

— Pode atender, Valen.

Peguei pra ver quem era, torcendo para não ser a Samantha, óbvio.

Aceito ou recuso? Recuso ou aceito?, pensei, morrendo por dentro naqueles microssegundos em que o Erick estava plantado na minha frente. Que situação! Senti meu rosto esquentar até ferver, mas ele nem notou, porque logo peguei seu braço para levá-lo para dentro de casa.

— Não é nada importante, vamos. Minha avó não sabe que você vem, fiz surpresa — avisei, logo depois de recusar a chamada do Levy, com o Erick a reboque. — Vó!!! Olha quem tá aquiiii!

Ah! Cenas de extrema fofura aconteceram em seguida diante dos meus olhos. Ela ficou com uma alegria tão bonitinha quando o Erick apareceu na sala...

— Vem cá, seu desnaturado! Esqueceu que ganhou uma avó aqui, foi? — disse ela, de braços abertos.

Acho que nem eu nem o Erick tínhamos ideia do quanto ele era querido para ela. Deu gosto de assistir ao abraço deles. Se eu fosse traduzir aquele momento em *ownnnn*, eu precisaria de váááárias linhas para o nnnnnn. "Coisa marlinda", como Stella dizia de vez em quando.

Almoçamos espaguete à putanesca, que o Erick ama, especialmente sem azeitona no preparo, porque ele odeia, e eu já tinha avisado pra Maria, nossa cozinheira. E pensar que eu namorei alguém que não gosta de azeitona. Devia ser proibido não gostar de azeitona.

Depois do almoço, fomos pra beira da piscina conversar, mas de repente o papo foi para um lado complicado.

— A Samantha não se abre comigo sobre essa viagem pra Portugal. Só fala que tá nervosa, que tá nervosa, mas por quê? Só diz que vai ser uma viagem maior do que ela gostaria. Poxa, parece que eles vão ficar lá mais de um mês! Isso é normal? O que eles tanto têm pra fazer lá? Ela te falou alguma coisa?

E agora? Ai, meu Deus! Quanto mais eu queria ser uma pessoa bacana, que só faz coisas certas, mais vinha o destino e me fazia escolher entre verdade e mentira. Mas era tanta coisa em jogo, e tantas coisas que não cabiam a mim contar para o Erick! Ele tinha sido meu namorado, mas ela era minha amiga!

— Não.

Eu menti. É, eu menti! E acho que fiz bem!

— Uns meses atrás, ela ouviu os pais falarem que queriam ficar um tempo lá. Tudo bem, já faz tempo isso. Mas será que eles querem ir agora de vez? — perguntou ele.

— Não sei, mas...

— Por que ela não me fala nada? Será que ela tem alguém lá?

— Não cobra tanto dela, Erick. Ela é uma garota... — falei, tentando amenizar.

— Alguma coisa tá errada, eu conheço a Samantha, Valen. Ela tá estranha. Férias é pra relaxar, e ela tá tensa. Eu tô sentindo! E tô chateado, porque tudo o que eu queria era que a Samy se abrisse comigo, que ela demonstrasse confiança em mim, sabe? Que me tratasse como namorado, que dividisse os problemas comigo.

Opa! Erick zero constrangido mesmo de falar da atual com a ex. Maturidade, muito prazer em te conhecer.

— Sei. Mas por que você acha que é problema?

— Porque eu conheço ela! A cara dela mudou de uns dias pra cá, ela tá toda fria comigo... Eu só queria me sentir útil pra ela. Queria que ela mostrasse que gosta de mim, que me considera um grande amigo.

Como eu te considerava, né?, foi a frase que passou pela minha cabeça nessa hora da conversa.

— T-tudo bem falar disso com você, né, Valen?

Não! Bem é tudo o que não tá, né? Não gosto nada de ouvir você sofrendo pela sua namorada! Queria que ela nem existisse!

Eu quis dizer isso, mas não disse. Nem gostava de pensar aquilo tudo. Engoli em seco, fiz carão e fui muito elegante, à la Chanel.

— Claro, né? Pode falar sobre o que quiser comigo, sempre.

Depois do assunto Samantha, que consegui contornar e morreu naturalmente, pedimos uma limonada pra Maria e falamos de vários assuntos: Brasil, política, faculdade, vestibular, futuro, sonhos, séries... E foi tão bom! Eu e ele, como grandes amigos que tínhamos que ser, dividindo palavras, vivendo juntos um momento especial. Isso, especial é a palavra.

O sol já ia se pôr quando o Erick resolveu ir embora e foi se despedir da minha avó.

— A senhora ainda está em casa? O que foi que houve? Hoje não tem teatro, dança de salão, carteado? Não esqueci, não! Sua agenda é muito cheia, dona Elvira! Ops... vó!

Que bonitinhooooooo! Cheguei a me emocionar, e minha avó também. A chegada já tinha sido uma fofura, e a despedida estava coisa de comercial de margarina.

— Pode me chamar pra sempre de vó, é lindo ouvir isso de você.

— Ô... — fez meu ex, dando nela um abraço apertado.

— Você tem que vir mais. É a namorada que não deixa, é?

— Ah, vó!

— Que foi, Valentina? Eu sou só mais velha que vocês, querida, não cega. Bonito e boa praça desse jeito, você acha mesmo que eu cogitei a hipótese de o Erick ficar solteiro depois do término de vocês? Se ficou dois dias, foi muito! — atestou minha avó, caindo na gargalhada. — Tô certa ou tô errada, Erick!? Tá namorando, não tá? Deixa, não precisa nem responder, que eu sei que tá.

Ele ria de nervoso, suuuuper envergonhado, um pimentão.

Desci os degraus que separavam o térreo do portão e lá dei nele um abraço apertado, aconchegado. Aconchegante. Confortável. De amigo. Que maduro viver tudo aquilo, que adulto. É assim que a gente vira adulto, né? Nem sente que...

Mas que abraço demorado, longo!, pensei. E que bom, porque tá legal viver isso, gostoso, concluí, de olhos fechados.

Enfim, nos soltamos do abraço sem nos afastarmos muito, e Erick fez um carinho na minha bochecha. Baixei a cabeça e sorri sem olhar pra ele.

— Psiu — fez ele, sussurrando.

Ai, ai, ai. Mas continuei olhando para baixo e disse apenas:

— O que foi?

— Olha pra mim, Valen — pediu ele, com aquela voz de doce de leite que ele tinha. — Por favor?! — insistiu, diante da minha resistência em fazer o que ele queria.

— Não — respondi, já levantando o rosto para olhar para ele.

E a gente se encarou por um tempo que não sei quantificar. E a gente estava muito perto. E um ficou olhando para a boca do outro. E para os olhos. E foi doido, mágico, surreal. Sei lá... Eu estava leve e feliz. E ele estava leve e feliz.

— É errado, Erick — eu disse o que precisava ser dito.

Alguém tinha que dizer, alguém ali precisava ter bom senso.

— É, você tem razão — concordou, afastando-se um pouco de mim. — Muito errado.

Ficamos alguns segundos (ou minutos? De novo, não sei como quantificar esse tempo aí) olhando para o nada, mordendo os lábios, estalando os dedos.

— Ei, não é pra ficar climão também! Não rolou nada! — falei, quebrando o gelo de forma elegante.

Nossa, tô muito madura e analisada, comemorei internamente. Sério, a terapia estava realmente me tornando uma pessoa melhor. Até outro dia, eu era a rainha do climão, não trocava um por nada.

— É, nada, não rolou nada! Ai, que bom que você falou isso, Valen.

— E não tem que falar nada pra ninguém, porque não rolou nada! — reforcei.

— Nada! Ufa! Que alívio!

— Imagina!

Estranho, mas estávamos ofegantes como se tivéssemos corrido três vezes seguidas em volta da Lagoa.

— Tá bom, então — disse Erick, encerrando aquele momento... hum... único e esquisito.

— Tá bom. Até segunda, na escola.

— Até.

Antes que eu fechasse a porta, ele voltou o corpo na minha direção e veio caminhando firme e rapidamente...

— Desculpa...? — pediu.

E eu fiquei sem entender nada. Desculpa pelo quê? Por não ter me beijado? Por não ter traído sua namorada? Imagina! Foi o que tinha que ser feito, eu estava me preparando para dizer.

— Sei que é errado, mas...

E, então, Erick chegou bem perto de mim, pegou meu rosto suavemente com as mãos e o resto... bem... É, ele me beijou. Foi um beijo mínimo que quase nem foi beijo, rapidamente interrompido por mim.

Mas era só o que faltava!

— Fica comigo só um pouquinho? Pra lembrar os velhos tempos? — tentou ele, me dando um estalinho carinhoso.

— Achei que a gente era só amigo, Erick.

— A gente é.

— Não parece. Amigos não se beijam na boca, você sabe.

— Mas...

— Eu sei o que você vai falar, Erick. "Foi o momento, Valen, eu não queria, isso não vai mais acontecer, desculpa e..."

— Eu queria, Valentina! Eu *queria* te beijar. Por mais errado que isso seja. Me julga! Anda, julgar é com você mesmo!

Morri de raiva.

— Eu não vou ficar nem mais um segundo com você, Erick. Você não vale nada mesmo, ainda bem que a Samantha vai pra longe de você, ela merece coisa muito melhor!

Ops!

— O quê? O que você falou? Você sabe alguma coisa que eu não sei? — gritou ele, enquanto era expulso da minha casa e da minha cabeça.

Bati a porta com um misto de felicidade e tristeza. Felicidade por ter praticado a tal da sororidade com a Samantha. Ela merecia. E tristeza por não ter conseguido praticar a sororidade com dignidade, ou seja, resistindo à tentação de beijar o Erick, mesmo que por um décimo de segundo.

Subi assustada para o quarto. Passei as mãos sobre os lábios e senti raiva e frustração e culpa, tudo ao mesmo tempo.

— Eu sou um monstro! O que foi que eu fiz? O que foi que eu fiz? — questionei, arrasada, extremamente decepcionada comigo, encarando meu reflexo nojento no espelho.

Não é nada legal a sensação de fazer mal a alguém, mesmo que esse alguém não saiba, mesmo que a culpa não seja só minha.

Mais tarde, depois de muito me chicotear, precisei fazer uma coisa.

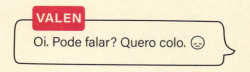

Stella me ligou assim que leu minha mensagem. E eu pude chorar e botar pra fora tudo o que eu estava sentindo. E não era pouca coisa.

Capítulo 9

NO FIM DE SEMANA, O LEVY ME CHAMOU PARA IR AO CINEMA, MAS eu não fui. Estava zonza ainda com a história do Erick e com a conversa com a Samantha, lidando com o peso de não dividir com ninguém e guardar tudo pra mim. Era o que eu tinha decidido fazer. Resolvi seguir o conselho da Stella de ficar quietinha, longe dos dois garotos que dividiam meu pensamento, para poder me ler com calma e entender por onde andava o meu coração, a minha cabeça e a minha vontade, sem influência de ninguém.

A segunda-feira foi nublada e mais fria que o normal, e o que aconteceu quando eu cheguei na sala de aula? Dei de cara com a Samantha, aquela cujo namorado, em um momento de ausência de caráter (dele e minha, obviamente), eu beijei. Por um milésimo de segundo, mas beijei. Engoli em seco e quase doeu a garganta.

Sentei em um canto em que nunca sentei, mas ela, óbvio, veio sentar perto de mim, e eu, superconstrangida, tentei disfarçar o que sentia e pensava. Que sensação horrível. Vontade de contar, vontade de não contar...

Marcia, nossa professora maravilhosa, entrou para me salvar.

— Eu quero que vocês escrevam o que fariam em um mês sem celular, sem computador, sem redes sociais e sem videogame. Um detox digital. Os prós e contras disso. Vai, gente, é pra escrever e escrever direito! O povo não perdoa erro idiota nas redações de vestibular!

Subiram pelos ares reclamações gerais da turma e no meu peito só ressoava a palavra "ufa!", assim mesmo, seguida de uma exclamação de alívio. Era preciso silêncio para escrever. Mas seria só por um tempo. Quem ia acabando saía da sala e ia conversar no corredor. Zeca foi o primeiro a terminar. Aquele ali sabe escrever. Morro de rir com os textos do blog dele, fiquei feliz em saber que ele quer fazer Letras. Quando eu terminei e saí, ele me contou que estava se mudando com a mãe para a Gávea, o bairro em que eu moro desde criança, e quis saber se algum dia eu ia convidá-lo pra minha "mansão".

— Claro, né, Zeca? Por que não chamaria?

— Sei lá, porque você é esquisita, ué.

Fiz uma careta e vi Samantha saindo da sala. Resolvi voar para o banheiro.

— Que foi, Valen? — perguntou ela.

Droga!

— Acho que menstruei — respondi, sem nem olhar pra trás ou parar de caminhar.

— Tem absorvente?

Precisava ser fofa, Samantha? Jura?

— Tenho!

— Mas você tá sem mochila, sua mochila tá na sala. Quer que eu peg...

— Tá tudo certo, tenho no bolso.

Eu não ia conseguir fugir da Samantha o dia inteiro. Ou eu contava para ela o que tinha acontecido ou... Bom, eu podia contar pela metade! Falar do amor do Erick por ela, que ele está sentindo que ela tem mais para falar... Mas aí eu ia trair o Erick, que me pediu para não contar nada pra ela. Mas ele não vale nada! Dane-se o que ele pede! Mas eu conheço ele há anos, namorei com ele! E ela é minha amiga! Amiga!

Aaaaaaaaaaaaahhhhhhhhh! Que dilema! O banheiro não podia ter explodido com meus pensamentos angustiantes?

Podia. Mas não explodiu.

Droga.

Eu acabei conseguindo evitar a Samantha durante toda a manhã. Fiquei de vela com a Laís e o Orelha, cada vez mais firmes no namoro e fofos, em um canto, e quando ela se aproximava eu dava um jeito de não a encarar e ia para o grupinho da Tetê, do Zeca e do Davi, em outro canto.

— Você não vai falar comigo?

Era o Erick. Muita cara de pau, né não?

— O que você quer que eu fale?

— Você contou alguma coisa pra Samantha?

— Não, idiota.

Ele respirou aliviado.

— Ainda — acrescentei.

— Não conta...

Não consegui dizer nada.

— Eu errei, me desculpa.

— Errou feio, Erick.

— Superfeio — admitiu. — Juntou tudo: medo de perder a Samy, carência... Sei lá.

Olhei na cara dele e dei as costas. Eu não estava nada a fim de ficar perto dele naquela hora.

Enquanto eu subia a escada de casa, recém-chegada da escola, ouvi o tsunami. Quanto mais eu subia, mais claro eu ouvia.

— Você não tem vergonha de encher a cara de botox com o dinheiro do meu filho?! E de sair da dermatologista e voltar cheia de sacolas, como se o Brasil estivesse em um momento ótimo? Você acha que isso é hora de gastar com joias e roupas, Petúnia?

— O seu filho é meu marido e é problema meu, dona Elvira. Não posso fazer nada se a minha dermatologista é no centro médico de um shopping.

— Não sei por que vocês não se mudam e me deixam sozinha!

— Porque aqui é confortável, é melhor para os cachorros, para mim, para seu filho e seguro pra Valentina — argumentou mamãe. — A senhora que podia procurar um apartamento e deixar a gente viver em paz.

Ô-ou... Lá vinha grito de novo.

— Pra você deitar e rolar na MINHA casa? Na casa que foi do meu avô, na casa onde eu moro desde que me entendo por gente? Mas é muita petulância! Além de perdulária, petulante. Que a Valentina não siga seu exemplo. Nem o da futilidade, nem o do interesse por dinheiro.

— A senhora limpe a boca pra falar da minha filha.

— Filha que foi um golpe da barriga!

— O quê?!

O QUÊ?!

Paralisei.

A vovó estava louca?

A vovó estava louca.

A vovó estava louca!

— Vocês namoravam não fazia nem dois meses, você não saía daqui, não deixava o menino nem respirar.

— Eu gostava dele, dona Elvira. Sempre gostei.

— Quem você quer enganar, Petúnia? Como consegue ser tão dissimulada? Você sempre gostou do que ele te dava, não dele, é diferente! Vocês estavam terminados quando você engravidou.

— E daí? A gente se reencontrou e percebeu que se amava!

— Você embebedou meu filho pra seduzir ele!

— A senhora tá ficando gagá ou tá vendo muita novela, dona Elvira?

Não pode ser verdade, isso é um pesadelo, eu preciso acordar, supliquei em silêncio.

— PARA DE FINGIR! EU NÃO AGUENTO MAIS!! — Nessa hora, minha avó gritou tanto que sua voz chegou a falhar.

Eu estava em choque.

— O que a senhora quer que eu diga? Hein?

— Que você pelo menos admita que engravidou pra casar com o João e usufruir de tudo o que ele te proporciona até hoje.

— Proporciona porque ele quer.

— Porque ele ama a Valentina! Porque está trabalhando insanamente pra poder ficar mais perto dela daqui a muito pouco tempo. Porque ele não quer ficar mais longe dela do que já fica. Imagina se vocês se separassem, aí é que o João não veria a filha nunca!

Respirei fundo. Senti como se uma companhia de sapateado estivesse se apresentando no meu coração, pisando forte em cada artéria. Eu ouvia direitinho o barulho tap, tap, tap, tap, meu coração fazia tap tap tap tap, meu coração tap. Tap. Tap. Um suor encharcou minhas mãos e começou a percorrer minhas costas.

Eu queria ir embora e não ouvir mais nada. E, ao mesmo tempo, eu queria ficar e ouvir tudo. Meu peito estava quente, fervendo, como um buraco preenchido com uma bola quente.

— Qual é o problema de gostar de coisas boas, dona Elvira? Isso é pecado? E querer construir uma família com uma pessoa capaz de me proporcionar um futuro sem susto, sem miséria... Por que não? Isso é errado? A senhora sabe o que é passar fome?

— Seus pais me disseram que você nunca passou fome, Petúnia. Sua família nunca foi pobre como você falava. E você disse mentiras absurdas sobre mim para eles, que sou preconceituosa, que odeio pobres, que sou racista. Como é que você teve coragem de fazer isso, mulher? Você é uma pessoa da pior qualidade.

— Quando a senhora falou com meus pais?

Era inacreditável, mas, em vez de rebater a mentira imperdoável, minha mãe quis saber sobre o contato entre meus avós.

— Ontem. Apesar de você fazer de tudo para me afastar deles, eu consegui finalmente telefonar pra sua mãe do celular da Maria, porque o meu ela não atendia nunca, e marquei um almoço. Foi a melhor coisa que fiz na vida, e eles me mostraram que tudo o que eu pensava sobre você era verdade.

— Eles são uns velhos loucos.

Mãe!, eu quis berrar, morta de raiva, vergonha e decepção. Àquela altura, eu só chorava baixinho, para elas não me notarem ali. Baixinho, mas com muita vontade.

— Não são nada loucos. Eles, sim, são boas pessoas, mas você não vale nada, Petúnia. Nada. Coitadinha da minha neta, tão iludida com você.

Não! Não! Não! Não! Não! Não! Não! Eu não tô ouvindo isso!!!, berrou meu cérebro depredado.

Então... Não é que o meu pai não tenha me desejado... Ele tinha sido vítima do manjado golpe da barriga, da moça pobre que engravida do cara rico pra casar?! Ou será que a vovó estava doida? E a história do coito interrompido que a mamãe sempre conta? *Por favor, se defende, mãe. Não me faz ouvir que eu fui enganada por 17 anos.*

Nada. Nem sinal da voz da minha mãe.

— O que aconteceu? Perdeu a língua?

— Eu só estou pasma de como só tem maluco nesta família.

— Não se faça de sonsa, Petúnia! Agora eu sei como você planejou tudo. Foi só juntar o que eu tinha de informação com o que seus pais me disseram pra esclarecer de vez o que minha intuição já sabia fazia tempo. Eu só precisava confirmar — confessou vovó.

— Confirmar o quê, sua velha esclerosada?

— Que você é uma cobra, é uma vilã que a gente acha que só tem em filme, em novela. Nunca acreditei quando você ligava para o João chorando dez vezes por dia, fazendo chantagem emocional, dizendo que ia se matar se continuasse separada dele. Aí é claro que o homem foi te ver, porque ele é bom! Meu filho tem a alma boa desde cedo.

— Eu também tenho. E estava sofrendo sem ele!

— Meu Deus! Você não desiste! Você sabia que ele é fraco pra bebida e deu uísque pra ele! Você seduziu meu filho, levou ele pra cama e mentiu dizendo que tomava pílula.

— Eu tomava!

— Para, Petúnia! Chega, só estamos eu e você. Abre o jogo, admite! Seus pais disseram que você nunca tomou pílula porque não queria engordar, como aconteceu com algumas amigas suas. Desde aquela época, você só pensa na sua aparência.

— A senhora não pode me culpar por gostar de cuidar de mim. Eu tomava pílula sim, mas se a senhora preferir acreditar nos meus pais, fica à vontade.

— Você estava no seu dia mais fértil, Petúnia! E insistiu pra ter relação sem camisinha. Você sabia que ia engravidar. Tinha 24 anos! E o pior, depois você chegou em casa comemorando, dizendo para os seus pais que não precisavam se preocupar mais, que seu futuro estava garantido.

Meu Deus!

Silêncio se fez. Que medo do que estava por vir.

— Quer saber? Eu tive meus motivos!!! Se meus pais não se achavam pobres o problema é deles. Se nunca tiveram ambição, problema deles! Eu tinha pânico de chegar na idade deles no miserê que eles viviam.

— E isso justifica o tanto de mentiras que você contou ao longo da vida? Pra mim, para o seu marido, para os seus pais, para a sua filha? Nem a menina escapa.

— Eu amo a Valentina e vou fazer de tudo pra proteger minha filha. Mesmo que seja preciso mentir.

Eu queria berrar por horas, por dias seguidos, um grito gelado como a lâmina de uma faca afiada. Por que eu estava vivendo aquilo? Por quê?

O meu mundo virou pó em questão de minutos. Poeira pura. Quem era Samantha? Quem era Erick? Por que todos os problemas do mundo estavam de repente nas minhas costas?

As lágrimas escorriam pelo meu rosto copiosamente. Eu tinha vivido uma mentira por toda a minha vida. A mulher que eu achei que me amava nunca me amou e nem sequer me quis. Ela só queria garantir o futuro dela. E meu pai? Ele me ama tanto e eu nem suspeitava o quanto. Pelo menos alguém me ama.

Dei as costas para a imponente construção onde minha mãe e minha avó discutiam e desci correndo as escadas antes que elas me notassem ali. Eu estava respirando mal. Pudera. Que punhalada eu tinha levado nas costas.

Eu precisava de ar, precisava sair de lá urgentemente. Eu quis correr uns quarenta quilômetros naquela hora, só pra sentir meu coração batendo acelerado por uma razão que não fosse a que eu tinha acabado de ouvir. Ainda bem que as duas não me viram. Eu não suportaria entrar naquela conversa nojenta. Peguei o celular e liguei para o meu disque-colo particular.

— Onde você está? Eu preciso conversar — disparei em um fôlego só, assim que a Stella atendeu.

— Que voz é essa, Valen? Claro, mas só vou poder mais tarde. Eu tô em casa com meu irmão, não posso deixar ele sozinho.

— Não, amiga... — implorei, soluçando como um bebê. — Eu preciso de ajuda mesmo. E agora. Eu preciso chorar, gritar, tentar entender, senão eu morro. Por favor, me ajuda!

— Opa! Claro! Não tinha ideia que era grave assim.

— Incomodo muito se eu for para aí?

— Imagina. Vem logo!

— Tô indo já. Me dá o endereço. Desculpa perguntar, mas é tranquilo ir aí?

— Não tem nada que pedir desculpas, *mulé*, tá certo em perguntar mesmo. O Rio tá violento. Eu moro numa ruazinha bem embaixo, aqui não tem perigo. Nunca teve, é logo no comecinho da subida da Rocinha. Se quiser um mototáxi quando chegar aqui perto, para não ter que andar, mesmo que pouco, sozinha, é só dizer que vem pra minha casa que ele te traz rapidinho, em dois minutos tá na minha porta.

Enquanto eu ia, pensei na avalanche que me soterrou e soterrou tudo o que eu tinha vivido até ali. E senti saudade do meu pai, que nem suspeitava do incêndio invisível que queimava (mais uma vez) a minha vida, e a dele também. Tudo o que eu queria naquele minuto era o colo dele, colo de pai. Aquele mesmo pai cuja relação comigo era estranha, cheia de furos e remendos, mas consegui ver um lado bom nessa história: eu tinha muito tempo pela frente para costurar melhor o que tinha passado, e poderia arrematar, com precisão de estilista, o futuro que estava por vir.

O telefone tocou enquanto eu caminhava acelerada. Recusei sem pensar duas vezes. Eu estava sem cabeça para o Levy, ou para qualquer garoto, na verdade. Só queria mesmo poder sumir.

Ah, como eu queria...

DICAS PARA FAZER BOAS COSTURAS E ARREMATES
(ou quem sabe remendos, se precisar)

LINHA E AGULHA: Dificuldades para passar a linha pela cabeça da agulha? Aqui vai uma dica muito simples que vai fazer toda a diferença. Experimente usar um pouco de spray de cabelo na ponta da linha. Assim, ela ficará mais firme e você conseguirá passá-la pelo buraco da agulha sem nenhum problema. E o melhor: essa dica funciona para qualquer tipo e espessura de linha.

TAMANHO É DOCUMENTO: Em vez de usar sempre carretéis pequenos em sua máquina de costura e ter de parar a produção diversas vezes para trocá-los, costure com cones de overloque. E, se ele ficar muito grande no pino, use uma xícara ou caneca para armazená-lo. Posicione a caneca com o cone na sua área de trabalho,

logo abaixo do pino, e prenda a ponta da linha normalmente à máquina de costura. O cone formará um ângulo perfeito de 90 graus e a linha se desenrolará normalmente à medida que você for trabalhando.

BOTÕES INTACTOS E NO LUGAR: É sempre uó perder um botão fora de casa, seja na rua, seja em uma festa ou na escola. É um peito que pula se a gente está sem sutiã, é uma pança que aparece sem precisar aparecer... Enfim, tragédia. Pra não acontecer nenhuma saia justa envolvendo botões, é só botar base para unhas ou esmalte incolor sobre eles, pra que as linhas que os prendem fiquem enrijecidas e mais resistentes.

Capítulo 10

Cheguei na casa da Stella e ela abriu a porta com Marcos, seu irmão de 6 anos, agarrado em sua perna. Ela e o irmão mais velho que cuidavam dele quando dona Adma saía pra trabalhar.

Abracei os dois e desabei no ombro da minha amiga.

— Por que cê tá chorando? — perguntou a criança.

— Porque a vida não é justa! A vida não é legal, aprende isso agora pra não se assustar quando A SUA vida virar de cabeça pra baixo da noite pro dia! — respondi, bem controlada, como dá para reparar.

E a criança desandou a chorar. Ah. Garoto chato.

Com Marcos acalmado por um joguinho no celular da Stella, pude contar pra ela como alguns minutos podem mudar a sua história toda.

— Mas você... gostou de ouvir a conversa ou não gostou? — quis saber ela, depois que eu contei tudo.

— Não sei...

E não sabia mesmo.

— Você preferia ficar sem saber que a sua mãe não é nada do que você pensava?

— Não sei. Eu preferia que ela não fosse uma mentirosa, uma golpista. Queria que ela pensasse mais na alma e menos na matéria.

Suspirei.

— Que pesado, Valen. — Ela me confortou, fazendo carinho no meu braço. — O que você vai fazer agora?

— Nada.

— Nada?

— Nada. Não quero que elas saibam que eu sei. Preciso de um tempo comigo mesma, digerindo tudo o que ouvi. Preciso me ouvir. Preciso pensar.

— Ei! Mas não deixa de ir no teatro, não. As aulas vão te fazer bem durante esse processo.

— De jeito nenhum eu ia deixar de ir. Preciso de alguma coisa que me deixe leve, e o teatro é ótimo pra isso.

— Isso. Até porque, além de atriz incrível, você é nossa figurinista incrível.

— Incrível... — repeti, revirando os olhos, sabendo que de incrível eu não tinha nada. Nunca tive.

— Não discuta comigo! É incrível e ponto-final! — exclamou Stella. E eu me vi rindo e chorando ao mesmo tempo.

A lágrima que escapou dos meus olhos nunca antes tão tristes não escapou à Stella, que a limpou do meu rosto com rapidez e doçura. Fiquei abraçada com ela um tempão, impactada com tudo e pensativa. Já não era fácil lidar com a ideia de que eu tinha sido um acidente, mas golpe da barriga? Isso acabou comigo...

— Tô aqui, tá? — sussurrou Stella, o amor em forma de gente. — Sempre.

— Brigada... — sussurrei de volta, sem conseguir prender o choro.

E a minha forma de digerir tudo foi me trancando no quarto, ouvindo música, desenhando vestidos que eu gostaria que modelos e meninas magras usassem, vendo séries e lendo livros.

Sempre invejei quem lê. Minha mãe não lê, diz que não consegue se concentrar nas palavras. Como nunca curti muito, resolvi me forçar a ler comprando livros sobre moda, meu assunto preferido. E foi maravilhoso, porque cada vez eu tive vontade de ler mais livros.

Romance, comédia romântica, livro pra sofrer, pra chorar, para rir. Jane Austen, Meg Cabot, Carina Rissi, Bruna Vieira, Paula Pimenta, tudo. Lembro bem do meu primeiro: uma biografia da Coco Chanel. Devorei. E aprendi muito também. Acabou sendo um ótimo passatempo para tirar um pouco de mim a montanha de informações novas que eu tinha acabado de engolir a seco.

Os dias se passaram e... a verdade é que eu simplesmente não consegui mais ir ao curso de teatro. Não tinha forças. Mas não foi só isso. Eu não consegui assistir direito às aulas na escola. Eu não consegui interagir com ninguém, nem com a Elaine, minha terapeuta em quem eu só dava bolo, nem com o Levy, que tentou várias vezes falar comigo, por mensagem e por ligações, nem com a Stella, que fez o mesmo.

Eu só queria ficar sozinha, na minha ostra, e fazia de tudo para evitar contato com a minha mãe. Passava horas lendo no Jardim Botânico, meu novo passatempo. Nada melhor que livro, silêncio, o celular no modo avião e a natureza em volta. A paz que eu sentia lá era a paz que eu queria dentro de mim.

Quando eu chegava em casa, tarde, passava batido pelo quarto da minha mãe e da minha avó. Em outras noites, fingia que estava dormindo quando uma delas ia ao meu quarto me dar boa noite.

Nunca foi tão difícil viver, eu lamentava na escuridão do quarto.

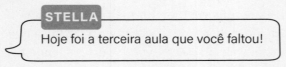

Visualizei e fiquei olhando pra tela do telefone, estática, sem saber o que responder.

STELLA: Dá pra falar comigo? Ou quer me deletar como deletou um curso que te fazia tão bem?

VALEN: 😐

STELLA: Por que você não tem ido??? O que tá acontecendo?

VALEN: Não sei... ☹️

STELLA: PARA! TUDO É NÃO SEI!

VALEN: Por que você tá gritando comigo?

STELLA: Porque eu amo você e quero o seu bem. E tô vendo que você tá mais mexida do que eu achava que ia ficar.

VALEN: 😔

E, nesse minuto, tocou o telefone. Era o Caíque. Ele nunca tinha me ligado.

— Oi, Valen.

— Caíque?

— Pode falar?

— Posso.

— Ô, Valen... Tô ligando porque tô preocupado. Tá tudo bem?

Respirei bem fundo e menti.

— Tudo! Super! Por quê?

— Porque é a terceira aula que eu não te vejo aqui, porque eu sou um professor que tem saudade dos alunos, porque você sempre foi tão aplicada e interessada... Quer mais porquês?

— Ah, é que eu ando enrolada com um outro curso... — menti novamente.

— Poxa, agora que tá chegando a hora da peça você vai pular fora? A gente precisa da nossa estilista! Que foi que houve?

Meus olhos encheram d'água, eu quase comecei a soluçar, mas barrei para ele não perceber.

— Nada... Acho que... Ah, não sei, Caíque.

Senti uma respiração forte e decepcionada do lado de lá. E foi ruim sentir que estava decepcionando aquele cara tão gente boa.

— Tá tudo bem, não se preocupa, tá?

— Impossível. Pede outra coisa que eu faço, mas isso não vai rolar — reagiu ele, fofo. — Bom, se quiser falar, quero que saiba que tô por aqui, viu? Tenho quase 30 anos, sou mais vivido, já passei por muita coisa nessa estrada. Não sei o que tá acontecendo com você, mas se eu puder ajudar de alguma forma, tô na área, viu? Quero que você saiba que sou seu professor, mas sou seu amigo também, antes de tudo, independentemente de aula de teatro. Entendido?

Eu quase morri. É o que diz aquela música do Peninha que o Caetano cantou: "Quando a gente gosta é claro que a gente cuida". E era uma sensação gostosa a de me sentir cuidada.

Desliguei. E, apesar da nuvem pesada que pairava no meu quarto, eu me senti aconchegada. Carinho inesperado é o melhor carinho.

De repente, meu celular apitou, indicando que chegava uma mensagem.

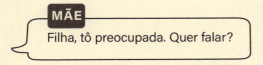

MÃE
Filha, tô preocupada. Quer falar?

Sacoooo, reclamei por dentro.

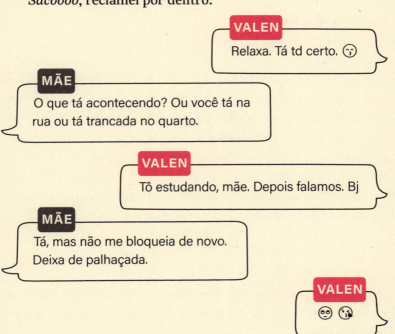

VALEN
Relaxa. Tá td certo. 🙂

MÃE
O que tá acontecendo? Ou você tá na rua ou tá trancada no quarto.

VALEN
Tô estudando, mãe. Depois falamos. Bj

MÃE
Tá, mas não me bloqueia de novo. Deixa de palhaçada.

VALEN
🙄 🤫

Minha mãe tentava me passar uma preocupação fingida, mas a verdade é que quase não ia ao meu quarto. Minha avó ia mais, sempre com um docinho, uma balinha, alguma coisa dita no diminutivo, mas sempre fortemente engordativa. Aproveitei que já estava com o telefone na mão e liguei de volta para o Caíque.

— Aquele negócio de estar na área, de professor amigo, ainda tá de pé?

— Ah! Que maravilha de telefonema! Isso é que eu chamo de discurso potente! — brincou Caíque. — Mas é claro que sim, Valen!

— Que bom! Onde a gente pode conversar?

— Pode ser no Baixo Gávea daqui a uma hora? Marquei de encontrar com minha namorada mais tarde lá.

— Claro, fechado.

— Show. Então té já!

— Té já.

Ia ser bom me abrir com o Caíque. Com ou sem detalhes, sentir que posso falar com um amigo mais velho, mas nem tanto, sobre mim é das melhores sensações que eu já tive. Seria diferente de falar com minha terapeuta, como um atendimento profissional, ou com a Stella, quase da minha idade. Porque eu não estava vivendo uma avalanche, eu *era* a avalanche!!! Não sei como tudo começou, só sei que acontecia tudo muito rápido, muito junto, chacoalhante, aterrorizante.

— Faaala! Que coisa boa esse encontro! — disse Caíque assim que me viu, levantando-se pra me dar um abraço que ele adorava dar.

Sorri e me sentei.

— Tô no chope. O que você vai tomar? — ofereceu ele.

— Me traz uma água, por favor? — pedi para o garçom.

— Poxa, só água, Valen?

— É, tô bem assim. E pelo menos não engorda, né? — brinquei.

Enquanto ele bebia o chope dele e eu minha água, falamos de muita coisa. De estar confusa sobre de quem eu gostava (não dei nomes). Da minha angústia com minha família (só não contei os fatos), e depois de coisas mais amenas, como a turma do teatro, a carreira de ator, as aulas e sobre como sou grata à Laís por ela ter insistido para eu ir. E falamos da peça, de como tem gente talentosa no grupo, como a Samantha...

— Ah, falando em Samantha... — começou Caíque.

Opa! Pra que eu toquei naquele assunto? Eu não ia escapar. Não ia conseguir falar exatamente dos meus problemas familiares, mas falaria de problemas alheios com os quais me envolvi contra a minha vontade.

— Olha, eu tô sabendo, ela me contou! — avisei.

— Nossa, mulher não sabe guardar segredo mesmo, viu? Impressionante. Semana que vem eu vou contar pra turma toda que o papel principal vai ser dela.

— AH, NÃO ACREDITO!!! — exclamei, deixando escapar meu espanto de um jeito muito mais escandaloso do que deveria.

Como assim ela não tinha contado da viagem para ele ainda? O que a gente tinha conversado, então, tinha entrado por um ouvido e saído pelo outro?

— Não acredita no quê? O que foi? — perguntou Caíque.

Ops, e agora?

— Nada! — respondi, dando um golão no restinho de água que tinha no copo.

— Ah, nada não foi, Valen. Me conta, anda.

— Éééé....

— Valen, no que você não acredita? Aconteceu alguma coisa que eu não tô sabendo?

De repente eu engasguei, sei lá se sem querer ou se de propósito, inconscientemente.

— Toma, bebe aqui da minha garrafinha, sua água acabou.

Bebi a água do Caíque. Dei uns três goles gigantes e acabei com o que tinha sobrado. Eu já estava tão desiludida com as injustiças da vida, tão mal com tudo o que estava acontecendo, que quase sem pensar acabei matando de vez a curiosidade dele e aquela situação desconfortável.

— É que a Samantha não vai poder ser a protagonista!

Eita. Falei.

Por quê?

Não sei. Saiu.

— O quê? Por quê? Por causa do vestibular? Ela tá mal na escola, é isso?

— Nada disso! É porque ela vai viajar no dia da peça. E só ia te falar depois de uns ensaios, porque ela ama o teatro e não queria deixar de provar o gostinho de ser a protagonista da peça.

Que coisa horrorosa! Como sou horrível. O que eu estava fazendo? Não só não desabafei meus problemas como criei mais um. Pra mim e pra Samantha.

— Por favor, Caíque! Não fala pra ela que eu te contei. Não sei por que fiz isso! Foi essa situação toda, é muito peso, acho que quis aliviar... Ai, você pode esquecer que eu te contei?

Caíque respirou fundo.

— Caramba... Bem que tenho achado ela tristinha...

— Ela tá! Muito! — falei, arrependidíssima.

— Não me falou porque ficou com vergonha de dizer "não" pra mim. É isso?

Não, não é isso! Ou talvez seja um pouco isso, e tudo bem! Com certeza é melhor que "porque ela não consegue se colocar no lugar de outra pessoa", ou "porque ela não consegue ver que é sacanagem com a atriz que vai ficar com o papel principal..."

— Exatamente isso! — confirmei.

Ai, pelo menos assim eu aliviava um pouco. Será?

— Entendo. Espero que ela deixe de bobagem e venha logo me contar isso.

— Ela vai contar — garanti.

Ela ia, óbvio que ia. Era o que eu mais queria que ela fizesse.

— Só não diz que eu te contei, Caíque. Eu te imploro! Por favoooooorrr!

— Não precisa implorar, eu sei que a Samy vai me falar. Ó, minha namorada chegou.

— Oi!

— Oi, Laura. Deixa te apresentar: Laura, Valen. Valen, Laura.

— Prazer — cumprimentou ela, sorrindo.

Como era linda, cheia de sardinhas.

— Prazer. Bom, vamos deixar esse assunto pra lá, né, Caíque? A Laura não merece ficar ouvindo sobre adolescentes e seus problemas.

— Imagina. Podem falar. Tô terminando Psicologia, adooooro saber do ser humano.

— Ó, se quiser se abrir, Valen, a pessoa é ela, viu? — avisou Caíque com sinceridade.

— Ah, eu faço análise! — contei.

— Que ótimo! Com quem? — Laura quis saber.

E falamos de terapia, e aprendi sobre Jung, Freud, Lacan, Nise da Silveira... Que pessoa legal era a Laura. E depois voltamos ao assunto Samantha. E ela me fez ver outras facetas que eu não tinha notado.

— Pensando bem, depois de tudo o que a Laura falou, acho melhor eu conversar com a Samy, dizer que eu contei pra você, Caíque — falei.

Caíque respirou fundo.

— Eu acho muito bacana essa atitude, se você quer saber. E, olha, tenho certeza que ela vai entender — opinou Laura.

— É, não vai ser fácil, mas vou precisar fazer isso.

E quem respirou fundo fui eu.

— Ei, olha só quem tá aí! Levy! — disse Caíque.

Nossa, o Levy? Que coincidência... Bom, o Baixo Gávea não é exatamente um lugar reservado e exclusivo. Geral anda por ali.

Mas achei um pouco esquisito, pra falar a verdade. Estranhei, mas gostei. *O Levy tá aqui!*, comemorei internamente e sorri feliz pra ele.

— Tava passando por aqui quando você me escreveu, cara — falou o *cabelim fofim* para o Caíque. E, chegando para me cumprimentar, disse: — E aí, sumida? Sumidaça! Mata aula e depois vem jantar com o professor, é? Responder para os amigos de turma nem pensar, né?

Ah, Caíque *escreveu*. Tá explicada a "coincidência". Mas adorei o "sumida". Olha só o profe dando uma de cupido. Olhei para ele e, nesse minuto, Caíque deu uma piscadinha pra mim. Pelo visto, até ele sabia que rolava um negócio ali entre mim e o Levy. Não um negócio *negóóóócio*, era um teretetê, como minha avó chama seus relacionamentos, só uns beijos. Ah, no fim gostei que o Caíque chamou o Levy! Eu ficava mais leve na presença dele, fato histórico. E a noite seguiu em frente, com riso e amizade, o que me fez muito bem.

Ao fim da noite, Levy fez questão de ir comigo até em casa.

— Não precisa, Levy. Eu tô bem, tô só com sono. Um Uber daqui pra minha casa não dá nem dez minutos — falei, doida para ele não comprar meu discurso educado-porém-mentiroso.

— Eu sei, mas eu vou com você.

Comemorei internamente, porque, apesar de meu estado anterior de eremita, de solidão e silêncio, o Levy me fazia feliz, fato histórico número dois. Fui meio que cochilando no ombro dele, e a palavra *acalanto* me veio à cabeça.

— Tudo bem você entrar sozinha ou quer que eu vá com você?

— Por quê? Pode seguir pra sua casa, tá tudo bem.

Mas parece que eu não estava muito, não. Tá, confesso: ao longo da noite, resolvi dar uns goles na cerveja dele, só pra confirmar que odeio cerveja. E eu sou fraca pra bebida, não estou acostumada. Mas foi me deixando tão molinha, tão relaxada, que à medida que eu fui dando golinhos, fui esquecendo de todos os problemas que vinham me atazanando nas últimas semanas. Nossa, que delícia não me sentir tão pesada e complicada!

Saí do carro e, assim que botei meu pé no chão, foi uma coisa muito louca. Senti como se o asfalto estivesse derretendo sob meu tênis e meu quadril tivesse resolvido brincar de bambolê imaginário. E eu cambaleei. Não havia dúvidas: eu estava alcoolizada, fato histórico número três.

— Ok, eu te acompanho e depois peço outro Uber.

— Não precisaaaa!

— Arrã.

— É sérioooo...

Ele desceu do carro e foi para o meu lado.

— Brigado, moço, boa noite — falou ele saindo do Uber.

— Tá, Valen, vamos, segura no meu ombro — pediu ele, gentil e cheio de jeito com uma bebum inexperiente.

O carro partiu e Levy me ajudou a entrar. E como era bom o encaixe do meu corpo quase moribundo com o ombro dele. O forte e musculoso ombro dele. Eu estava fora do meu estado normal, mas com os sentidos à flor da pele.

No meio da escadaria (como tinha degrau pra entrar na minha casa, Jesus!), ele mandou:

— Quer que eu te carregue ou tá bem pra continuar até a porta?

— Tô bem pra ir até a porta.

— Beleza, então bora.

— Mas quero que você me carregue.

Ele riu. Que legal fazer rir o *cabelim escorridim*! E eu me senti a Jane do Tarzan quando ele me pegou nos braços e, sem nenhum sinal de esforço, subiu tranquilamente até a porta da minha casa. Que bonitinho.

Abri a porta e falei pra ele:

— Pode me ajudar a chegar até o meu quarto? — sussurrei, quando já estávamos na sala principal.

— Claro.

Mais degraus. "Pelo menos eu nunca vou ter uma bunda muito caída morando nesta casa", foi o que pensei enquanto subíamos. Para a cabeça de bêbada de primeira viagem, até que a minha estava coerente.

Chegamos.

— Quer que eu te bote na cama e cante pra você também?

— Quero só que você me bote na cama — respondi, puxando o garoto pra perto de mim.

Eu puxei mesmo. Puxei. Pu-xei. Pu. Xei.

E tive certeza de que a minha autocensura não tinha ressuscitado, estava mortinha mesmo. Quando Levy chegou em mim e ficou nariz com nariz comigo, dei um beijo nele e estava muito gostoso. Melhor ainda que o primeiro. E me vi agarrando o garoto cada vez mais.

— Calma, Valen. Eu sei que você bebeu, mas para com isso — disse ele, tentando se desvencilhar de mim.

— Não consigo, quem manda beijar tão gostoso? — rebati, toda sensualizante.

Por sensualizante leia-se bebinha. Ai, que vergonha...

Enfim... Beijei o menino com vontade. Muita vontade. Língua feroz, boca firme. Libido era meu nome até que... Fiquei tonta. Bem tonta.

Opa!

Tudo rodandoooo!

Uoooopaaaaa!

— Desculpa, mas eu preciso vomit...

E fui correndo para o banheiro, seguida de perto por ele. Isso mesmo que você está pensando, ele entrou no banheiro comigo! E mais: ele me ajudou, colocando a mão na minha testa, segurando meu cabelo e me dando apoio moral na hora em que botei as tripas pra fora!

Além de lindo, é fofo e ajudador de vômito! Aplausos para esse deuso indígena que eu nunca mais ia beijar na vida. Ah, foi bom enquanto durou.

Prometi, vivendo aquela situação deprimente, que nunca mais beberia. Escovei os dentes depois da grotesca e muito constrangedora cena, agradeci e me despedi do Levy.

Quando deitei, a cama teve a coragem de rodar. E um gosto muito azedo ficou na minha boca, por mais que eu tivesse escovado os dentes umas 17 vezes.

Dormir nunca foi tão difícil.

Eu nunca mais ia beber na vida. Nunca mais.

COCO CHANEL

A ligação de Coco Chanel com o mundo da moda começou em 1910, em Deauville, onde ela trabalhou em uma loja de chapéus. O estilo do século XX, no que teve de mais funcional, feminino e no que teve de absolutamente, irremediavelmente elegante, levou a assinatura de Chanel. Ou seja, não é pouca coisa, não!

Nas primeiras roupas criadas por ela começavam a aparecer os traços que seriam sua marca registrada: a simplicidade e o conforto. Assim, foram surgindo vestidos chemisiers soltos, cardigãs, peças em jérsei (tecido até então só usado para roupas íntimas) e twinsets que o tempo se encarregou de elevar ao patamar de clássicos. Nada mais Chanel do que um twinset, tá?

Sem qualquer preconceito, Chanel adotou o suéter masculino sobre saias lisas e retas e, em 1920, deu um de seus golpes mais ousados, lançando calças masculinas para mulheres, inspiradas nas calças de boca largas usadas por marinheiros. Suas criações renovaram a silhueta e o jeito de ser das mulheres. O novo comprimento das saias mostrou os tornozelos, antes escondidos. Pérolas em especial, e bijuterias em geral, ganharam lugar de destaque entre os acessórios, cachecóis enrolaram-se com classe nunca vista no pescoço de quem queria ser elegante. Não bastasse ser esse ícone de talento, o seu corte de cabelo virou um hit. Simétrico, reto, mostrando a nuca, é o eterno corte Chanel.

Também eternos tornaram-se o pretinho básico (vestido reto, simples, em um bom tecido de cor preta, que, como ensinou Chanel, é a elegância em forma de roupa) e seu perfume Chanel nº 5, o preferido de Marilyn Monroe, que até hoje bate um bolão nas vendas. Isso sem falar das bolsas a tiracolo, pura inspiração Chanel, ainda mais nos modelos em matelassê, com correntes douradas.

Frases eternizadas por ela:

"Elegância é tudo aquilo que é belo, seja no direito, seja no avesso."

"Vista-se mal e notarão o vestido. Vista-se bem e notarão a mulher."

"A natureza lhe dá o rosto que você tem aos 20. A vida lhe desenha o rosto dos 30. Mas, aos 50, é você quem decide o rosto que quer ter."

Aos 50, e não aos 20, como anda acontecendo hoje! Chanel sabia das coisas.

Capítulo 11

MAIS COMPLICADO QUE DORMIR FOI ACORDAR NO DIA SEGUINTE com o despertador. Eu estava com uma dor de cabeça dos infernos — que não passou nem com dois analgésicos — e o tal do gosto de cabo de guarda-chuva na boca (só então eu entendi essa expressão). Minha pálpebra pesava, meus braços pesavam, meu corpo inteiro pesava. Aquilo então era uma ressaca? Credo! Por que as pessoas bebem? Ah, lembrei: aquela sensação de leveza, aquela molezinha boa, a sensação de que os problemas estão sumindo... Mas de que adianta? Quando o efeito do álcool passa, os problemas ainda estão lá, e a gente se sente muito pior que antes.

Definitivamente, não compensa.

Fui para a escola decidida a contar tudo para a Samantha assim que chegasse, sobre minha conversa na noite anterior com a Laura e o Caíque. Mas, assim que cheguei, vi um burburinho estranho. E todo mundo estava em volta do Davi.

— Que houve? — perguntei pra Laís.

— O teste do Oswaldo, ué.

Morri.

— Tem teste de geometria hoje?

Como assim? Tudo bem que eu vinha matando umas aulas de vez em quando, mas... não saber que ia ter teste? Fiquei chocada comigo mesma.

— Mas todo mundo tava sabendo? — falei baixinho no ouvido da Laís.

— *Você* não tava sabendo, Valentina?

Baixei os olhos.

— O que tá acontecendo? Eu não consigo mais acessar você. Você virou outra pessoa!

— Não fala assim.

— Mas é! Virou! E como eu queria entrar aí pra entender o que tá rolando.

— Nada. Não tá rolando nada.

— Nada não é, amore, desculpa! — soltou Zeca, metendo-se no papo. — Você agora deu pra matar aula, diz que vai ao banheiro e some... Valen, você tá diferente.

— Dá pra vocês pararem de me dar esporro?

— Ninguém tá te dando esporro, Valentina, a gente só quer que... — Era a Tetê que se meteu para ajudar.

— Não, Tetê! Para! Discursinho de autoajuda agora não, por favor.

Fui grossa, eu sei. É que às vezes o excesso de fofura dela me irrita. Saco! Desde quando uma pessoa precisa ser fofa o tempo todo? Cansa!

— Autoajuda? Eu só ia dizer que... — tentou Tetê.

— Gente, para. Vocês querem ou não que eu explique esse problema? — cortou Davi, o sábio.

— Tá doido, claro que queremos! — respondeu Zeca.

E assim a discussão que estava prestes a nascer não aconteceu.

— Quer ajuda, Valentina? Senta aqui do meu lado — ofereceu Davi, mais fofo que marshmallow.

Não aceitei. Eu sabia: era humanamente impossível aprender qualquer coisa naquele momento. Ainda mais pra fazer um teste. Portanto, como na prova, eu tinha duas opções:

a) entregar o teste em branco ao professor;
b) não entregá-lo.

Fiquei com a alternativa b e me encaminhei para ir embora da escola antes mesmo da prova, decidida e segura, sob o olhar incrédulo dos meus colegas de turma.

— Ela não vai fazer o teste? É isso mesmo? — ouvi Samantha perguntar atrás de mim.

— É isso mesmo, não vou fazer! — eu me virei para responder, em alto e bom som. Respirei fundo e emendei, mais alto ainda: — Assim como você não vai ensaiar como protagonista porque contei para o Caíque que você vai viajar no dia da apresentação, Samantha.

Falei. Assim mesmo. Na lata, sem preparo, sem nada.

— O quê? — falou Samantha levantando, os olhos quase saindo da cara.

— Como é que é? — Laís ficou intrigada.

— Calma! Contei sem querer! Eu estava mal e...

— Como sem querer? — indagou Samantha, bem irritada mesmo.

— Foi sim. E depois eu bebi um pouco e...

— Você *odeia* beber, Valen! O que tá acontecendo? — perguntou Erick, me afastando do grupo.

Samantha veio atrás.

— Você me odeia e não consegue disfarçar, né?

— Claro que eu não te odeio, Samantha!

— Odeia muito! Eu não falei que queria ensaiar pelo menos um pouco?

— E deixar a outra protagonista sem metade do tempo de ensaio? Que feio, Samantha! Você é que tá estranha — provoquei.

— Ei, o que tá acontecendo com vocês duas? — quis saber Erick, espantado.

— Eu tô ótima, apesar de certas pessoas não concordarem comigo, *qualquer um* decora um texto em dois meses — insistiu Samantha.

A namorada do meu ex explicou a coerência existente na sua cabeça. Ela precisava dizer aquela frase sempre, para se ouvir e se convencer de que estava certa. Jesus! Revirei os olhos, entediada com aquela garota mimada.

— Por que você não me contou, Samantha? — perguntou Erick, sério.

Iiiih... Erick chamou Samantha de Samantha...

— Depois explico tudo, Erick. Eu vou conversar com você já, já, mas agora eu tô revoltada com essa garota, que me julgou e me condenou contando para o Caíque uma coisa que eu pedi pra não contar. O que você ganha com isso, Valentina? O papel? É isso que você quer?

— Não! Eu já disse que não quero papel nenhum, só quero cuidar do figurino!

— Mentira! É a sua cara ficar irritadinha porque não vai fazer a protagonista! Claro que é isso. Não sabe perder, né?

— Não é nada disso! Aliás, não estamos em uma competição, não que eu saiba! — gritei. — Eu não sou atriz, não quero ser! Só fui fazer esse curso por causa da Laís!

— Mas tomou gosto, ganhou elogio do professor e achou que pode ganhar o mundo com o teatro. Pega, então, a protagonista!

— Não quero personagem nenhum, peça nenhuma, Samantha! Eu nem tenho ido às aulas, tô cheia de problemas, cara!

— Ah, vai fazer a coitadinha agora! — atacou Samantha.

— Desculpa! Saiu, falei, bebi, errei feio, mas juro que não era a minha intenção... — desabafei. — E pode ficar tranquila que parei por aí, não contei mais nada pro Caíque.

Eu e minha língua gigante que não cabia na boca! Socorro! Eu estava ficando com medo de mim e do que eu era capaz.

— Mais nada o quê? — intrometeu-se Erick na conversa.

Glup!

E eu só queria que alguém enfiasse uma jaca dentro da minha boca pra que eu parasse de falar.

— O que mais tem pra ser falado? — insistiu Erick.

— Nada, amor, coisa minha, coisa de mulher.

— Coisa de mulher? Tá piorando, Samantha... — argumentou Erick, irritado.

— Vamos falar depois, amorzinho, por favor...

— Não. O que você quer dizer com coisa de mulher? Você e esse Caíque aí...

— Não fala besteira, ele é meu professor! E tem namorada.

— Mas parece que tem também uma relação bem próxima com as alunas, né?

— Deixa de ser louco, depois a gente conversa, Erick!

— Eu quero conversar agora, Samantha. O que mais tinha pra ser contado? Que você tá a fim dele, é isso? Que você enjoou do seu namorado e já quer ir pra outro? Vai nessa! Quer saber? Vai nessaaaa!

Então ouvi o Davi, que estava um pouco atrás da gente, perguntar baixinho pro Zeca:

— Não é melhor a gente sair e deixar eles conversando sozinhos?

— E perder a melhor parte? Claro que não, fica aí — respondeu Zeca.

Depois de uma longa pausa, Samantha enfim botou para fora:

— Se você quer saber a verdade, eu tô indo morar em Portugal, Erick. Ano que vem eu me mudo por tempo indeterminado pra Lisboa. Pronto, tá feliz, Valentina?

— Gente... Essa cena tá maravilhosa. E que bom que a gente tá aqui! Brigada, vida!

— Cala a boca, Zeca! Respeito! — pediu Tetê, séria, preocupada, percebendo o tamanho daquilo tudo.

— Bom, ninguém mais quer estudar Geometria, né? Posso ir pra sala? — perguntou Davi.

— Todo mundo devia ir pra sala e deixar a Samantha e o Erick conversarem — argumentou Tetê.

Essa sempre foi legal. Sempre. E sempre feliz, mesmo gordinha, mesmo esquisitinha quando entrou no colégio, mesmo esquecendo que sobrancelha é uma parada que PRECISA ser feita de vez em quando. No fundo, no fundo, sei que invejo a Tetê desde que a conheci. Aquela invejinha inconfessável até pra gente mesma, sabe? Não quero o mal dela, só quero ser feliz como ela. Quero ser feliz, ponto. Felicidade é uma palavra cujo significado eu tinha esquecido fazia anos.

E, ao que tudo indicava, da qual o Erick ia ficar longe por um tempo...

— Você... você ia esconder de mim até quando essa mudança, Samantha? Há quanto tempo você sabia, há quant...

— Erick, eu tenho resposta pra tudo. E eu sou legal. Eu juro! As respostas que eu não tiver ainda, penso quando você perguntar e você me ajuda a responder, combinado? Mas vamos conversar depois da aula, por favor...? — implorou Samantha.

Enquanto o barraco estava armado e a dolorida surpresa tinha sido revelada, fui embora a passos lentos, como se eu fosse invisível, sabendo que minhas notas só piorariam se eu continuasse assim. Eu precisava dar um jeito na minha vida. Mas como?

— Todo mundo pra dentro!

Era a voz de megafone do professor Oswaldo. Nem virei pra trás.

Que tipo de pessoa eu sou?, a pergunta martelava na minha cabeça enquanto eu andava rumo à saída. *A pior pessoa*, eu mesma respondi.

A pior pessoa.

Capítulo 12

COMO EU SUPUS, MINHA MÃE FOI CHAMADA NA ESCOLA POR CONTA do meu comportamento nos últimos dias. Ela nem suspeitava que eu estava matando aula. E nem eu suspeitava que minhas escapadas estavam tão frequentes assim, a ponto de chamar a atenção da coordenação.

— Valentina, a gente tem que conversar, você querendo ou não — comunicou minha mãe assim que chegou da reunião no colégio.

— Ai, tá bom, não estudei para o teste e fui embora, que coisa horrível!

— Valentina! Para agora! O que é que está acontecendo com você?!

Engoli em seco. Não sabia o que dizer.

— É aquela Stella? É o teatro? É alguém da escola? A Laís? O Erick? O que está acontecendo?

"Sou eu?", "Tem alguma coisa a ver comigo?", essas e outras perguntas minha mãe não fazia. A culpa era sempre dos outros, nunca dela.

— O que foi? Até parece que eu já fui boa aluna algum dia!

— Garanto que você nunca foi tão mal na escola como agora!

— Como se você se preocupasse com as minhas notas. Não sabe nada da minha vida, nem o nome dos meus professores você sabe. Nem minha matéria preferida você sabe. Nem minhas dores! — explodi.

Era a mais pura verdade.

— O que é que tá acontecendo, filha? A terapia não está funcionando? O que a Eliane tem dito pra você nas sessões?

— Nossa, você sabe que eu faço terapia? Chocada! Mas o nome dela é Elaine. ELAINE!

— Elaine, claro, ai, Valentina, me dá um desconto!

Não, não dou.

— Eu sou obrigada a saber horário de tudo seu? Nome de todo professor e terapeuta e de todo curso que você faz? Faça-me o favor, eu tenho uma vida além de você, ok?

— Tá bem, mãe.

— Fala agora o que é que tá acontecendo, Valentina! Você anda tão escorregadia, parece que eu te incomodo, você não olha na minha cara. Não vou sair daqui enquanto...

— Eu ouvi a sua conversa com a vovó outro dia — revelei, puxando todo o ar da sala para os pulmões. Soltei aos poucos e completei: — Eu sei de tudo.

Vi pavor nos olhos dela. Um pavor envergonhado, mas... nem tanto.

— O que você ouviu?

— Tudo.

— Calma, não é nada disso que você tá pens...

— Para. Por favor, poupa a sua saliva.

Ela respirou fundo, lentamente, olhos fechados, como se ensaiando mentalmente o texto que encenaria para mim em seguida.

— Olha, eu sei que você está pensando coisas horríveis de mim, mas, quando eu era jovem, eu não tinha uma vida boa como você tem, Valentina. Eu queria algo melhor, você não pode me condenar. Eu realmente vi no seu pai uma forma de me livrar da mediocridade em que eu vivia. Tudo bem, é horrível, eu sei, mas eu gostava dele, tá? Eu era uma pessoa com pouquíssimas perspectivas, filha, precisava pensar amplo. Errei? Errei, mas sou humana, Valentina!

Que vergonha...

— Eu ouvi toda a conversa, mãe, inclusive a parte em que meus avós maternos contaram que você nunca teve a vida medíocre de que você tanto fala.

— Amor, aí é o conceito de medíocre que conta — reagiu ela, irritada. — Talvez o meu seja diferente do dos seus avós.

— Tá bom, mãe, então deixa pra lá — falei, resignada e decepcionada.

— O que foi de tão horrível que eu falei aquela noite?

Meu Deus! Só piorava.

— Nada, mãe. Nada. Foi tranquilão saber que a sua gravidez não foi sem querer, como você sempre me disse. Foi *super* de boa descobrir que você não desejava um filho, só planejava mesmo um futuro em paz e, para isso, me botou no mundo. Resumindo, garantiu comigo uma velhice sem preocupação. Uau. Parabéns.

— Valentina!

— Você não queria saber o que tá acontecendo? Então, tô falando! — vociferei.

— Não era a velhice! Era uma VIDA sem preocupação! Uma vida com você, minha filha, que se tornou minha grande amiga, minha grande paixão. Uma vida com conforto, sem dificuldade, com você, que é um pedaço de mim. É pedir demais?

— Todo mundo quer isso, mãe. Mas as pessoas TRABALHAM pra conseguir as coisas — gritei. — Você não. Parou de trabalhar assim que soube da gravidez e teve a cara de pau de dizer que só deixou seu trabalho porque queria cuidar de mim em tempo integral.

— Mas é verdade. Eu te criei sozinha. Nunca tive babá.

— Sozinha? A vovó estava aqui o tempo todo. Ela e a Maria, desde sempre. Cuidam de mim a vida toda pra você fazer seus programas intermináveis. Sem contar os outros mil empregados desta casa, que sempre fizeram tudo. Você nunca precisou lavar uma roupa de bebê, nunca precisou preparar uma mamadeira, uma papinha. Não é bem assim, né? Ter motorista pra ir para cima e para baixo é fácil, dinheiro de marido para comprar tudo é muito confortável. Eu me lembro de esperar você chegar, pequenininha. Sempre tinha uma festa, sempre tinha um vernissage, uma estreia... Você me botava pra escanteio sem pensar duas vezes. E não foi uma, nem duas vezes, não. Foram muitas! Eu era bem pequena, devia ter uns 4 anos, 5 anos no máximo, e me lembro de ficar com a vovó do lado, perguntando quando você chegava. E ela dizia: "Já, já, minha filha. Dorme que quando você acordar a mamãe já vai estar de volta". O que ela não sabia é que eu só queria um beijo seu de boa-noite, queria me sentir minimamente importante pra você. Enquanto meu pai se matava de trabalhar para manter todo o conforto do qual você desfrutava, me privando da presença dele também.

— Ô, minha filha... — falou, pegando na minha mão (por pouco tempo, porque eu não queria contato com ela). — Tudo bem que a sua avó ajudou na sua criação, e muito. Mas mesmo assim, se hoje ela tem essa agenda lotada, imagina quando era mais nova. Ou seja, ela ajudava, mas a prioridade era a vida dela. Outra coisa: o seu pai conseguiu um emprego ótimo em São Paulo assim que você nasceu, o homem não parava em casa, só fim de semana. Eu cuidei de você praticamente sozinha, sim.

— Praticamente não é sozinha.

— Desculpa se eu errei...

— Se? *Se* você errou?

— Eu só queria uma vida mais confortável da que eu teria sem um bom casamento!

Vergonha de novo. Muita vergonha. E pena.

— Para de falar, por favor! — pedi, com um fiapo de voz.

— Quer seguir a cartilha da sua avó e chamar de golpe, chama. Sei que a história que eu te contei ao longo de todos esses anos é verdadeira: você me conquistou, foi o bebê mais fofo, a criança mais carismática, e vem sendo uma menina muit...

— Para! Por que você não me disse a verdade?

— Porque você não tinha maturidade pra ouvir.

— Quem falou que eu não tinha!?

— Eu sei que você não tinha!

— Como? — perguntei, esgoelada.

Minha mãe gritou mais alto que eu:

— NÃO SEI, VALENTINA! MÃES TÊM DESSAS COISAS!

— E quando eu teria maturidade? Posso saber?

— Não sei, Valen! Não sei! Eu não queria contar mesmo! Que diferença faz? Sempre te falamos, desejada, não desejada... eu e seu pai aprendemos a amar você. Muito.

— Mas por que sempre tão distantes? Os dois, você e o papai! Zero preocupação comigo. Zero carinho. Zero cuidado. A única coisa que te interessa é se eu estou magra e bonita, como você. Você sempre me infernizou com esse negócio de corpo, de aparência, de alimentação, de sei lá o que fit, de academia. Mas agora eu entendo: provavelmente é porque você imagina que assim eu também vou conseguir um casamento milionário, né? Pra ser uma presa interessante pra algum bom partido. ECA!

Ela baixou a cabeça, os ombros caíram.

— Desculpa se eu fiz alguma coisa errada — disse minha mãe, baixinho. — Eu fiz várias escolhas erradas na vida, mas te amo, mesmo sendo uma péssima mãe, como você deve achar. Mesmo não dando a você a atenção necessária.

— É, você enfiou coisas na minha cabeça que agora são difíceis de tirar. Eu só queria carinho, abraço, apoio, não suco verde e dieta da lua. Você tem ideia do que eu sinto quando me olho no espelho? Não, não deve nem ter. Não deve nem suspeitar do que eu sinto.

— Eu não sei mesmo o que você sente olhando no espelho. Eu só achei que eu te dava carinho suficiente.

— É... você tem razão, eu preciso concordar. Você é uma péssima mãe.

Fechei os olhos. E então foi a minha vez de baixar a cabeça e deixar cair os ombros. Era a mais pura verdade e eu tinha que aprender a lidar com isso sem me culpar. Eu não tinha culpa disso. Certeza de que pessoas desejadas, esperadas e planejadas certamente têm mães deploráveis também. E tudo bem. Quer dizer, tudo bem não é exatamente a expressão pra definir uma situação como essa, mas... é a que tem pra hoje. É a que me acalma quando eu penso na minha mãe. Falando nela, eu não estava aguentando mais aquela conversa.

Levantei da cama e comecei a calçar meu tênis.

— Que é isso? Aonde você vai?

— Pra Stella.

— Mas a gente ainda tá conversando!

— Não mais. Já conversei tudo.

— Essa garota não pode esperar?

— Ela nem tá me esperando, vou de surpresa porque tô precisando de uma amiga. E *ela* é amiga de verdade.

— Eu fico impressionada com você, Valentina. Impressionada com os seus valores. Quer dizer que é melhor ir pra *favela* do que ficar aqui comigo? É isso?

Eu não tive forças pra responder. Nesse momento, me bateu uma preguiça tamanho gigante da minha mãe. E vergonha, decepção, desgosto... Sei lá quantos sentimentos ruins tinha dentro do meu peito. Só sei que não estava nada legal sentir. Revirei os olhos, de saco cheio daquela conversinha que não ia a lugar nenhum, peguei minha mochila e saí sem dar tchau. Apenas comuniquei:

— Não tenho hora pra voltar, não sei nem se vou voltar.
— Valentina, volta aqui! Você não pode falar assim comigo!
— Ops! *Sorry*. Já falei.

Desci os degraus voando e no mesmo ritmo subi a Marquês de São Vicente rumo à casa da Stella.

A Adma, mãe da Stella, era mãe, pai, enfermeira, dona de casa e ótima imitadora. A verve da comédia era dela, por isso Stella fazia todo mundo rir no teatro. Depois de conhecê-la, entendi o poder da genética. Jantamos um bife de panela com couve, feijão, arroz e farofa de ovo que meu Deus! Depois fui com a Stella para o quarto dela.

Percebendo meu olhar tristonho, minha amiga carinhosamente pegou minhas duas mãos e entrelaçou com as dela.

— Tudo dá certo pra você, Valen. É o que todo mundo fala. Você mesma acha um espanto as coisas darem tão certo pra você.

— Você acha que é certo eu ter escutado a briga da minha mãe e da minha avó? Que isso vai me trazer alguma coisa boa?

— Ué... Sua vida é assim, a própria Laís falou, parece um conto de fadas.

— As coisas deram certo até agora, mas desde aquele dia é só problema, saia-justa, constrangimento. Sério, tem uma bola de neve rolando ladeira abaixo dentro de mim, e não tá bom não!

Ela beijou minhas mãos e ficou segurando-as um pouco, fazendo carinho. Fofa.

— O que é isso no seu dedo, Valen?

— Não é nada — respondi, desvencilhando rápido minha mão da dela. — Eu machuquei, acho.

— Machucou como?

— Sei lá.

— Sei lá? Como "sei lá"?

— Acho que foi... com papel.

— Deixa eu ver — disse ela, pegando meu dedo pra olhar com calma.

— Paraaaa! — falei, tirando minha mão da dela. — É só um corte bobo de papel.

— Valen...

— O quê?

— Não mente pra mim. Minha mãe é enfermeira e já me falou de gente que chega no hospital com machucado nas juntas dos dedos... A maioria é de meninas, jovens...

— Nem sei do que você tá falando, cara!

— Você não anda induzindo o vômito não, né, como eu tô pensando?

— Gente, Stella! Que doidaaaa! Se eu vomitei três, quatro vezes na vida foi muito. E só quando me senti pesada mesmo. Imagina! Meu dedo não tem nada a ver com isso, faz tempo que eu não vomito.

Stella me olhou pensativa.

— Que foi?

— Cara, bulimia é doença grave, Valen. Mata. Você sabe, né?

— Claro que sei. Eu, hein? Bulimia... Era só o que me faltava!

Ela estava séria todo o tempo, e até me assustei com seu semblante fechado.

— Você não mentiria pra mim né?

148

— Não...

— Eu vou confiar em você, Valentina.

— Pode confiar, *mulé*, não precisa se preocupar.

— Pode me contar tudo, viu? Só tem uma coisa: eu não sei lidar com mentira, eu não suporto! Eu me sinto traída, me sinto enganada, me sinto menos importante, me sinto péssima... Não suporto mesmo. E não tô brincando nem exagerando. Tem gente que não suporta falar em público, tem gente que não suporta a ideia de finitude e gente que não suporta a ideia da morte de alguém próximo. Eu sou assim com mentira.

— Caraca, Stella! Que coisa séria, papo brabo! Mas aconteceu alguma coisa? Isso tá parecendo trauma...

— É tipo isso.

— Nossa. Pode contar?

— Conto. Meu pai men... — começou ela, pausando para pigarrear. — Meu pai mentiu pra minha mãe quando meu irmão mais novo era um bebê.

Ai... A fisionomia toda dela se transformou e virou outra. Cheia de mágoa. Tadinha. *O que será que dói tanto?*, era a pergunta que não saía da minha cabeça.

— Ele nos abandonou, Valen. Ficamos eu, o Marcos e o Tomás, que é um ano mais velho que eu, e a minha mãe. Pra sempre. Pra. Sempre. Ele nunca mais voltou. NUNCA MAIS!

Meu Deus, que forte.

— Eu era uma menina. Uma MENINA DE 13 ANOS!! — gritou ela, com lágrimas nos olhos.

Eu estava absolutamente pasma. A gente não sabe mesmo a dor do outro, não tem mesmo a menor noção do que se passa dentro das pessoas que sorriem como se não estivessem brigando com mil monstros internos. Ela pegou fôlego, enxugou as lágrimas rebeldes que pareciam cair contra a sua vontade e prosseguiu:

— Você consegue imaginar o que é isso pra uma adolescente? Ouvir seu pai dizer que vai comprar cigarro e ele nunca mais voltar?

Não, eu não conseguia imaginar. Ninguém consegue.

— Não é papo de livro, Valentina. Nem de filme. Isso a-con-te-ceu COMIGO! Ele nunca mais deu as caras, nunca mais ligou, nunca mais quis saber da gente! Fui abandonada pelo meu pai, Valentina.

Eu tentei disfarçar meu choque com aquela história horrível. Tadinha da Stella. O meu coração estava todo em caquinhos. Saber que para o seu pai você e nada são a mesma coisa deve ser difícil demais. Porque... Não é o caso de um filho não ser querido por um pai. É ser solenemente ignorado por esse pai. Pra esse cara é indiferente os filhos estarem vivos ou mortos. Nossa! Doeu em mim.

— Por isso, não me fala uma coisa e faz outra. Não me engana! Eu não vou suportar ser enganada por quem eu gosto, porque isso é uma coisa muito séria pra mim. Salva isso aí no seu HD — disse ela, com um tom e uma vibe que eu nunca tinha visto nela. — Eu amo você e a nossa amizade, Valentina, mas não mente pra mim, não me engana, tá? Se você tiver que me contar alguma coisa um dia, conta, tá?

— Tá, claro, Stella. Tá salvo aqui, relaxa.

Ok, Stella, eu entendi. Vamos mudar de assunto?

O clima estava prestes a pesar mais quando Levy me salvou do silêncio mais barulhento e irritante que eu já tinha vivenciado.

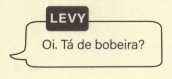

LEVY
Oi. Tá de bobeira?

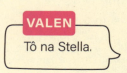

VALEN
Tô na Stella.

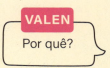

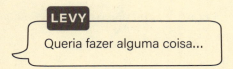

— Levy quer fazer alguma coisa, tá a fim? — perguntei pra Stella.

— Não, claro que não, mas acho que você tem que ir.

— Não, nem pensar! Ele me viu vomitar no dia em que encontrei com o Caíque e a namorada!

Ela arregalou os olhos e mudou de expressão. E eu já fui explicando:

— Paraaaa! Não foi nada disso. Vomitei de bêbada, nem precisei botar dedo nenhum na garganta, tá? O vômito veio que veio, tipo tsunami de golfadas. Eu sou fraca pra bebida...

— Tá bom, vômito de bebida eu acredito. Mas então você deve uma saída pro Levy. O cara te viu vomitar.

— Viu e ajudou.

— Eca!

— Pois é. Mas agora eu tô morrendo de vergonha dele. E sem clima nenhum pra sair depois da discussão com minha mãe. Eu quero é me enfiar em um buraco, isso sim.

— Não! Agora que é hora de se distrair. Você quer ficar na *bad* e se afundar em tristeza? Não vou deixar. Tem que ir, sim, melhor remédio.

— Ah, Stella. Nem tenho roupa. Só trouxe outra camiseta. Vou com esse jeans velho, largado e zero sexy mesmo?

— Claro. Tá gata, estilosa, tá bem blogueirinha. Vai, trata de se arrumar e vai encontrar com ele.

— Só você mesmo pra me botar pra cima, amiga.

— Olha, quer saber uma coisa? Tu deve beijar muito bem, mermã, pro cara mesmo depois de te ajudar a vomitar querer te ver de novo... Ave Maria.

Eu ri pela primeira vez na noite. E falei para a Stella:

— Brigada, viu?

— Pelo quê, doida?

— Por ser minha amiga.

— Não precisa agradecer, não. É só depositar todo mês na minha conta os 1.784 reais que eu cobro pelo serviço de amizade — zoou a palhaça. — Amizade é uma via de mão dupla, Valen. Sou amiga de quem é minha amiga. Simples assim.

JEANS

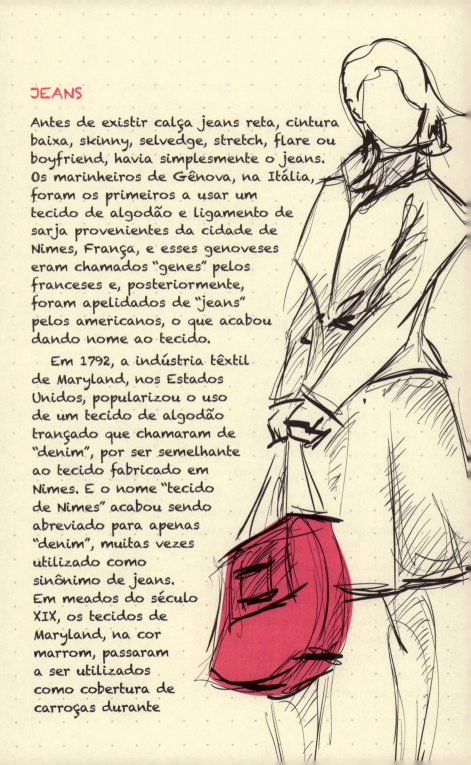

Antes de existir calça jeans reta, cintura baixa, skinny, selvedge, stretch, flare ou boyfriend, havia simplesmente o jeans. Os marinheiros de Gênova, na Itália, foram os primeiros a usar um tecido de algodão e ligamento de sarja provenientes da cidade de Nimes, França, e esses genoveses eram chamados "genes" pelos franceses e, posteriormente, foram apelidados de "jeans" pelos americanos, o que acabou dando nome ao tecido.

 Em 1792, a indústria têxtil de Maryland, nos Estados Unidos, popularizou o uso de um tecido de algodão trançado que chamaram de "denim", por ser semelhante ao tecido fabricado em Nimes. E o nome "tecido de Nimes" acabou sendo abreviado para apenas "denim", muitas vezes utilizado como sinônimo de jeans. Em meados do século XIX, os tecidos de Maryland, na cor marrom, passaram a ser utilizados como cobertura de carroças durante a corrida do ouro na Califórnia. Foi quando o empresário alemão estadunidense e judeu Levi Strauss, ao não conseguir vender seus tecidos no local por saturação do mercado, teve a ideia de criar um novo uso para ele: a fabricação de calças, que eram mais resistentes que as então usadas pelos garimpeiros.

Nos anos 1970, o jeans começou a fazer parte das coleções de moda de grandes estilistas, e nomes como Ralph Lauren, Oscar de la Renta, Geoffrey Beene e Calvin Klein transformaram a calça jeans em um ícone de status e faturaram bastante com suas peças. Klein, particularmente, entendeu o potencial de uma bunda dura dentro de um jeans. Em 1976, ajustou o corte para acentuar as nádegas e, três anos depois, já dominava 20% do mercado da moda.

Isso tudo aconteceu antes de o brim com stretch inundar o mercado. Antes, essas calças não só tinham a cintura excepcionalmente alta e justa, como também eram grossas e inflexíveis, e tão apertadas e rígidas que as mulheres precisavam deitar e usar uma pinça para subir o zíper. Mas com o tratamento elástico, tudo, literalmente, se ajustou.

Capítulo 13

SÓBRIA DESSA VEZ, SEM GOLINHOS DE CERVEJA DOS INFERNOS para acabar com a minha noite, lá ia eu sair com o *cabelim fofim* de novo. Fui quase empurrada pela minha amiga e com muita vergonha, cheia de medinhos bobos e outros não tão bobos assim, achando que, ao olhar pra mim, ele só enxergaria uma montanha gigante de vômito.

E, seguindo essa linha de raciocínio, ainda me lembrei que estava muito — digamos assim — *dada*, no dia da vomitada. Eu lembrei que tinha me jogado *real* em cima dele. Re-al! Aí a vergonha quadruplicou.

Ele chegou lindo, buzinando de leve e com o sorriso aberto que era sua marca registrada. No caminho, conversa vai, conversa vem, fiquei sabendo que seus pais tinham viajado para a serra, para comemorar vinte anos de casados, e ele... olha só, estava com a casa só para ele. E justamente nesse dia quis encontrar comigo.

Fomos até o apartamento dele, que ficava em uma simpática rua do Humaitá, e, quando entramos, vi que estávamos completamente sozinhos.

— Você não disse que tinha uma irmã? Onde ela está?

— Tenho sim, a Julia, de 14 anos. Ela foi dormir na casa de uma amiguinha.

— Levy, ela tem 14 anos, três a menos que eu. Como assim "casa de uma amiguinha"?

Achei graça um cara de 19 anos falar assim de uma amiga da irmã caçula.

— Não quero falar da Julia, não. Estamos só eu e você sim — sussurrou, puxando meu corpo pra perto do dele e me tascando um beijo doce e demorado na sala do apartamento.

Eita! Que língua é essaaaaa?!, berrei internamente com mil vogais e a leve lembrança de que havia pouco tempo eu estava muito chateada, triste, sem chão e decepcionada. U-a-u. Viva o frio na barriga, que merece todos os aplausos por ser um eficiente melhorador de vidas!

Sério. Como era boa a textura da língua do Levy! Eu reparo muito nisso, na textura das línguas. Não sou louca, não! Porque tem umas bem estranhas.

Além da língua ótima, ele sabia usá-la. O beijo simplesmente não tinha como parar. Era impossível meeesssmo. Minha meta de vida no momento era ficar a noite toda sentindo aquela leveza, sendo abraçada e beijada com vontade. Tão gostoso...

Sem parar de me beijar — apenas intercalando o beijo com leves estalinhos na boca e no pescoço (e também na bochecha, o que foi a coisa mais fofaaaa!) —, ele me levantou um pouquinho pela cintura e colocou meus pés sobre os pés dele.

Agarrada à sua nuca e sorrindo com os olhos fechados, retribuí o carinho da melhor forma possível. Caminhando (ou seria levitando?) sobre os pés de Levy, me deixei levar para o quarto dele. Eu nem conseguia pensar direito, só na quentura que subia, na vontade de beijar infinitamente, no desejo de apertá-lo com força e nunca mais largar, na *maravilhosidade* que era deslizar meus dedos pelo cabelo lisinho dele. Lisinho e de um marrom-caixa-de-tintura-de-cabelo: per-fei-to.

É muito doido pensar que as pessoas têm uma imagem sexualizada de mim, mesmo eu sendo praticamente virgem! Eu gosto de seduzir, gosto que as pessoas gostem de mim, mas na hora de a coisa evoluir, eu travo toda. Até porque não sou nada confortável com meu corpo, o que já deve ter dado pra perceber, né? As pessoas me acham bonita, mas eu não me acho. Acho que sou esquisita, cheia de defeitos, e não quero que ninguém me veja pelada nunca! Beijei muitos, muitos mesmo, mas sexo só com o Erick, e sempre, sempre no breu. Luz apagada total. Sou dessas. Enfim... E o sexo com ele só rolou sete meses depois do nosso primeiro beijo, quando eu estava completamente apaixonada e certa de que ele era o amor da minha vida.

Agora, eu não estava apaixonada pelo Levy. Não tinha nem como estar, era a terceira vez que eu saía com ele, e estava muito bom tudo. Era bom estar perto, sentir o quentinho da respiração dele perto da minha, o corpo dele colado no meu. E que corpo! Alto, gogó protuberante, cabeleira lisinha e macia, os músculos no lugar certo.

Conseguimos descolar um pouco para ele colocar uma música para a gente dançar, e dançamos como se estivéssemos em uma festa só nossa. A música que ele botou era meio dançante, meio sexy sem ser vulgar, dessas bem gostosinhas, elegantes, que a gente dança fazendo charme, olhando pra baixo, braço pra cima, quadril mexendo levemente. E ele dançando era tão bonitinho! Meio desengonçado, mas um desengonçado megacharmoso.

Meu coração estava nas nuvens por mil motivos, e paixão não era um deles. E mesmo não estando envolvida amorosamente com ele, consegui me entregar, para minha surpresa. E tudo bem, foi o que decidi. Qual é o problema? Nenhum. Absolutamente nenhum. Basicamente, o Levy me fazia feliz e eu estava precisando encarecidamente de uns momentos de felicidade. Ah, se tava!

Ao som de "Youth", do Glass Animals, que tem uma batida bem gostosa (ele estava muito com segundas intenções, hehe), ele levantou minha camiseta e suas mãos finalmente entraram em contato com as minhas costas. E deslizaram por elas bem devagarinho até chegar ao meu sutiã. Em vez de abri-lo, Levy levou as mãos suavemente por cima dele, na direção dos meus... ah, você sabe.

— Calma. Muita calma nessa hora — pedi, coração aceleradíssimo, corpo mole, quase derretendo, uma delícia de sensação.

— Desculpa. Eu não queria...

— Shh! Não precisa pedir desculpas. Tá tudo certo.

— Tá?

— Tá muito certo, Levy. Muito certo. Só apaga a luz, por favor?

— Eu preferia acesa, mas, se você se sente melhor assim, tudo bem, eu apago.

Já no escuro, roubei dele mais um beijo infinito, encaixado, quente, molhado sem ser babado, um beijo que nos levou para a cama, onde, em vez de travar, eu me entreguei sem amarras e, melhor, sem julgamentos.

Tivemos uma noite muito bonita, cheia de cumplicidade, amizade e carinho. E olhares profundos, antes, durante (sim, durante!) e depois. Ele pediu que eu dormisse lá, queria acordar comigo. Nhom... E eu dormi, com uma camiseta dele, agarradinha, a melhor conchinha que eu podia querer, em um momento muito punk da minha vida. A avalanche continuava, mas eu estava tendo aquela brecha para respirar antes de tudo voltar a chacoalhar de novo.

Fui dormir já shippando o casal, #VaVy. Por mais que eu não estivesse apaixonada, era impossível negar: esse *ship* era per-fei-to. No dia seguinte, marcamos com a Stella de tomar café no Talho Capixaba, um lugar delícia na Marquês de São Vicente.

Que legal ter outra coisa para falar que não seja Samantha ou minha mãe!, comemorei em pensamento. Que alívio!

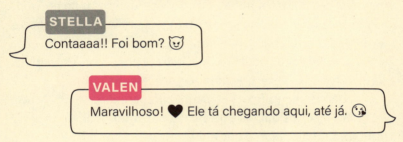

— Era a Stella perguntando se foi bom, né? — disse Levy, de cara amassada e cheiro de pasta de dente.

Ou seja, um lindo. Lindo que me deu o maior beijão enquanto eu preparava um chá. Era legal brincar de adulta com ele. Um apê só nosso, eu fazendo uma bebida quentinha antes de sair...

— E aí? O que foi que você disse?

— Não era nada disso — tentei disfarçar.

— Arrã. Tá, não quer falar, não fala.

Olhei pro chão frio da cozinha, olhei para os lados, fazendo charme, muito charmosinha mesmo (eu sei seduzir charmosamente, fato, negócio de dom), tomei fôlego e contei:

— Eu disse que foi maravilhoso.

— Ah, foi? — Era a vez de o Levy fazer charme. — Quando você diz maravilhoso, quer dizer espetacular, né?

Ri com os dentes da boca toda. Ele lembrou da piadinha que eu fiz quando a gente saiu a primeira vez. Lindo por dentro e por fora.

— Hum... Espetacular? Será?

— Eu acho que foi espetacular — sussurrou ele.

— Talvez eu tenha que repetir pra chegar a uma conclusão bem embasada...

Quando ele foi tomar banho, vi que tinha várias mensagens da minha mãe. Ignorei todas. Nem li. Só achei prudente mandar uma mensagem para a minha avó dizendo que eu tinha dormido na Stella e ia ficar com ela por um tempo, para ela não se preocupar. Levy demorou para se arrumar, e achei bonitinho isso. Chegamos atrasados na padaria, onde Stella já nos esperava irritada.

— Custava avisar que iam demorar desse jeito?

— Desculpa, amiga... — pedi, com peninha.

Odeio fazer os outros esperarem por mim. E odeio esperar também. Entendo bem o que ela sentiu.

— A gente tava com as mãos ocupadas...

— Levy! — bronqueei, rindo, e vermelhando lentamente.

— Tô amando esse casal, já shippo, e só por isso não taco esse suco na cara de vocês, por me fazerem ficar plantada aqui meia hora!

— Mas olha aí! Já conseguiu mesa! Nem pegamos fila!

— Porque EU peguei, seu Levy! EU peguei! Cara de pau! Tô mudando de ideia em relação a esse suco em três, dois...

E rimos como bons amigos fazem quando tomam café da manhã numa padaria.

Até que meu celular vibrou.

MÃE

Para de não responder! Deixa de ser infantil e diz se tá tudo bem pelo menos? Por favor!!!!!!!!

— Você não vai responder? — perguntou Stella. — É sua mãe, Valen, ela deve estar preocupada...

— Não, tá tudo bem. Já falei com a minha avó.

— Não tá, não. Tem umas mil mensagens dela e da sua avó aí que eu tô vendo.

— Ai, que saco. Tá, vou responder.

Quando peguei para responder, li a última mensagem da minha mãe.

MÃE

Senta que lá vem textão, Valentina. Não é porque usei a gravidez pra garantir meu futuro que eu não ame o fruto dessa gravidez. Uma coisa não tem nada a ver com a outra. Você se tornou uma menina linda da qual eu muito me orgulho. Não duvide do meu amor. Posso não ser uma boa mãe, a mais carinhosa, a mais preocupada... Mas é o melhor que eu posso dar. Errei, fiz escolhas ruins e estou arcando com as consequências. Só não ache que vou deixar de me preocupar da noite para o dia só porque você resolveu se tornar outra pessoa. Te amo. Fica bem.

Fiquei olhando para o celular por um tempo, respirando lentamente, pensando no que responder.

VALEN

Tá tudo certo, mãe. Tô tomando café e qualquer hora apareço em casa. Bj

Mandei e guardei o celular na mochila.

— E aí? Tá demorando, né? — falei tentando quebrar o gelo, fingindo naturalidade.

— Valen... — Levy pegou na minha mão. — Eu não sei o que tá rolando na sua casa, você não quis se abrir e tem todo o direito, mas se quiser falar...

— Falar faz bem, viu? Não é só na análise que você pode falar, com os amigos também pode — reforçou Stella.

— Nem na análise eu tenho ido.

— Valentina! — bronqueou minha amiga.

— Não briga comigo!

— Não tô brigando! E para com isso! Preocupação não é briga, *mulé*! — argumentou. — Você deu uma distanciada da gente, as meninas disseram que você se afastou delas também, que tá mal na escola...

— Você não liga mais pro teatro... — acrescentou Levy.

— Do teatro eu decidi sair... — revelei sem rodeios.

— Como assim? — estranhou Stella. — Achei que você ia ficar, que te deixava leve.

— Deixa, mas eu preciso mostrar pra Samantha que eu não queria papel nenhum em peça nenhuma! Preciso. Eu só fui fazer teatro porque a Laís insistiu. Lá eu tive a sorte de conhecer vocês e o Caíque, então esse curso já foi um presente maravilhoso.

— Conhecer a gente é de uma sorte imensa mesmo — Stella fez graça.

— Tá coberta de razão — Levy entrou na brincadeira.

Respirei fundo e voltei à seriedade da coisa:

— Fazer teatro de verdade, decorar, interpretar, interpretar com plateia olhando... Não sei se eu quero isso, não... Gosto mais de improvisar, de brincar.

— Eu entendo, amiga... Mas fica bem, por favor? — pediu Stella.

— A gente só quer que você fique bem.

— Vou ficar, Levy. Vou ficar... Leve e feliz como ontem...

— Ah... Vem cá, vem...

E me deu um beijo tão carinhoso que arrepiou os cabelinhos da nuca todinhos.

— Que sacooo! Vocês estão insuportáveis. Não sei mais se shippo o casal.

Obviamente Stella conseguiu interromper o beijo, e a gente não aguentou e riu.

A cada segundo, eu shippava mais. #VaVy. Que fofíneo.

Capítulo 14

PRATICAMENTE MOREI NA STELLA POR UNS QUATRO DIAS SEGUIDOS. Ia para minha casa em horas que eu sabia que não cruzaria nem com minha avó nem com minha mãe, pegava roupas e saía de novo. Foi muito maravilhosa a experiência de ajudar minha amiga com o irmãozinho, lavar a louça, que é uma coisa que eu nunca fazia na minha casa, arrumar a cama... Uma vida tão mais real e tranquila que a minha... Depois de três noites lá na minha amiga, resolvi ir na minha casa pelo menos para jantar e para dormir. Eu me sentia uma estranha na minha própria residência, mas... As coisas mudam dentro da gente.

— Isso mesmo, resolvi jantar com vocês depois de alguns dias jantando fora.

— Quando você diz alguns dias, quer dizer muitos dias, né? Pelo menos pra mim... mas tudo bem — debochou minha avó.

— Vó... Tá. Bom... Ai, que difícil. Não, não é difícil. Vou tentar aparentar que tá tudo bem, prometo. Vamos fingir que somos uma família feliz?

Silêncio esquisito.

— Gostaria que vocês falassem de qualquer coisa menos sobre gravidez, golpe da barriga e blá-blá-blá. Pode ser? E, antes que vocês perguntem, sim, isto é um ensaio do que vai ser o jantar de amanhã com meu pai à mesa. Eu realmente não quero falar disso com ele ainda.

— Tá entendido, querida — disse vovó. — Sua mãe e eu conversamos, não queria que nada dis...

— Vó, por favor?

— Tudo bem, já parei — vovó desculpou-se na hora, botando as duas mãos sobre a boca. — Perdão.

— E como foi lá com sua amiga?

— Mãe, não precisa fazer esse tipo de pergunta, eu sei que você não vai com a cara da Stella! Acha que não podemos ser amigas porque ela mora na favela!

— Abaixa esse tom de voz, Valentina!

— Então para de me irritar fazendo perguntas só por fazer! Pra fingir uma preocupação que não é sua, que não é de verdade!

— Sim, eu não gosto que você conviva com pessoas da favela, é verdade. Pode ser preconceito meu? Pode. Mas eu lutei muito pra você ter possibilidade de conviver com pessoas de outro nível.

— Ah, agora sim, dona Petúnia está sendo autêntica! Mas sem essa de "lutei", que a gente sabe bem qual foi sua luta, né? Mas olha, tava ótimo, bem mais amoroso e pacífico que aqui, por incrível que pareça. Ah, e transei com um garoto que não é o Erick. Mas fiquem tranquilas que ele não é da favela, não, é do teatro. Foi o segundo cara da minha vida e foi ótimo. Me dá o sal, por favor?

— Valentina!

— Calma, vó! Eu sei me cuidar.

— Não é isso! Só levei um susto, não esperava uma notícia dessas assim, de repente, na mesa de jantar. É bonito?

— Dona Elvira, não dá corda! Ela está com essa rebeldia toda para me atacar! — disse minha mãe.

— É lindo, vó. Ele se chama Levy, tem 19 anos e tem um *cabelim fofim tão lindim.*

A cara da minha mãe era de reprovação e espanto.

— Que foi, mãe? Que cara é essa? Você acha que eu vou engravidar cedo como você? Não mesmo! Não preciso disso, não. Aliás, nem sei se quero engravidar um dia.

— Não fala bobagem! Claro que você vai ter filhos.

— Não. Se não for pra cuidar direito, prefiro não. Desculpa, meu corpo, minhas regras.

— Boa, Valen! Mulher tem que ter filhos só porque tem útero? Eu, hein!

— Valeu, vó!

Mamãe começou a comer rápido, visivelmente desconfortável.

— Vocês querem detalhes? Ou preferem passar para o próximo assunto?

— Usou preservativo, né?

— Óbvio, mãe.

— Espero que em todas as vezes!

— Vó!!! Não conhecia esse seu lado!

— Que foi, Valen? Curiosidade, ué... Vovó é só velha, não tá morta, não! Sempre gostei de sexo, para seu governo! Já fui muito feliz nessa área. Agora estou meio enferrujada, mas ainda dou um caldo, se vocês querem saber.

Diante de nossos olhares estupefatos, ela seguiu adiante:

— Que foi? Eu fui uma mulher bem *transante*, viu?

Morri com "transante"! Mor-riiii! Arregalei os olhos com a revelação bombástica. Cheguei a tapar a minha boca escancarada com as mãos. Vovó então explodiu em uma gargalhada gostosa.

Acabei aprofundando a conversa com minha avó, e minha mãe ficou meio de lado. Contei, por alto, o que tinha rolado com o Levy, como ele era e coisa e tal, e ela se mostrou bem interessada.

— Vavá da vovó. Lembra que vovó te chamava assim?

— Lembro, vó.

De vez em quando minha avó fica nostálgica. Acho bonitinho.

— Vavá da vovó tá sem fome? Comeu só salada, não quer uma sobremesa pra dar uma forrada melhor no estômago? Vovó está te achando muito magrinha.

— Não tá, não, Valentina está ótima, nunca esteve tão bem, dona Elvira. A menina não tem nada que comer carboidrato depois das seis da tarde. Tá muito certa, filha.

— Ai, Petúnia, deixa a garota se preocupar com isso daqui a uns anos, não agora!

— É, mãe, me deixa.

Fui para o quarto pouco depois. Eu queria tanto que tudo ficasse bem de verdade, sem ser uma grande encenação interpretada por atrizes canastras... Havia muito mais felicidade na casa pequenininha da Stella do que na minha, enorme e luxuosa. Eu queria muito saber como é uma casa normal, onde as pessoas não se agridem verbalmente, onde a paz reina absoluta...

A minha vida já não era a melhor do mundo antes de descobrir que minha mãe é uma mentirosa mercenária. Apesar de ser filha única criada como princesa, sempre me senti um patinho feio, mas pelo menos eu sabia da minha história — ou achava que sabia.

É muito doido, mas eu queria viver só mais uns dias, meses, anos daqueles, em que eu era infeliz, mas conseguia alguns motivos para ser um pouco feliz aqui e ali. Agora não. Parece que agora ia viver só na superfície, quase que de forma artificial. Pelo visto eu ia precisar fingir que nada tinha acontecido e comer bobó de climão todo santo dia.

Aquelas questões me angustiaram apertando o coração, então sentei para desenhar os vestidos que surgiam na minha cabeça, porque isso sempre me acalmava. Peguei meus apetrechos e comecei a desenhar o que poderia ser o vestido de alguma coleção da Vivienne Westwood. Pensei nela porque o tema da noite tinha sido sexo, e se tinha uma estilista muito ligada no assunto era essa mulher maravilhosa.

Perdi a hora criando roupas para meu desfile imaginário da Vivienne — minha amiga Vivi —, fui dormir tardão e não acordei com o despertador para o colégio. Esse negócio de soneca não devia existir. Saí voando, nem tomei banho, só escovei os dentes. Não deu tempo nem de roubar uma maçã da geladeira. Partiu escola.

Cheguei só um pouco atrasada, mas bem esbaforida e decidida a contar para a Samantha, que lançou chamas de ódio pra cima de mim quando eu entrei na sala, sobre a minha saída definitiva do teatro. Eu precisava fazer isso para conseguir um pouco da tal tranquilidade que eu tanto buscava.

Na hora do recreio, porém, a Samantha sumiu com a Laís. Ela devia estar envenenando a menina contra mim. Droga! Resolvi, então, aproveitar para pedir a ajuda do Davi para estudar umas matérias. Ele é sempre um ótimo professor, o nerd preferido da escola, e me tirou altas dúvidas. Assim consegui ficar mais calma em relação às provas que estavam chegando. Ao fim da última aula, não deixei a Samantha escapar. Ela bem que acelerou o passo para fugir de mim, mas corri pra alcançá-la.

— Ei, espera! Fala comigo? Eu errei pra caramba, eu sei, não tem justificativa.

— Valentina...

— Espera, deixa eu acabar de falar. Eu quero que você saiba que, independentemente da nossa rixa, eu te quero bem e quero mostrar que a última coisa que eu quis foi sacanear você, foi te trair, te apunhalar pelas costas... Não foi mesmo a minha intenção...

— Valentina, seus olh...

— Para, por favor. Eu preciso que você entenda que mais importante que qualquer peça é a nossa amizade, nosso convívio. A gente tava indo tão bem, por que andar para trás agora? Eu não vou fazer a peça. Nem como figurinista, nem como atriz. Eu...

— Valentina!

— O que foi?

— Você tá da cor de um papel! E seus olhos estão revir...

De repente, passei a ouvir a voz da Samantha cada vez mais longe e soou um apito no meu ouvido. Percebi uma secura na minha boca. Passei minha mão na nuca e ela estava encharcada. Senti um suor gelado escorrendo por todo o meu corpo e as coisas foram ficando fora de foco, depois um túnel preto se formou em volta dos meus olhos e tudo começou a fechar, fechar, fechar. Até que fechou por inteiro na cara da Samantha, e eu vi tudo ficar preto.

VIVIENNE WESTWOOD

Vivienne Westwood nasceu em 1941 em Glossop, na Inglaterra, e aos 17 anos se mudou para Londres para estudar moda na Faculdade de Arte de Harrow, onde pensou seriamente em virar designer de joias. Mas não virou. Achou que não levava jeito para o mundo das artes (até os gênios têm crises sobre o que fazer da vida), largou tudo e virou professora, pra ter a estabilidade financeira que, ela acreditava, o mundo fashion não lhe daria.

Foi só mais tarde, depois de se divorciar do primeiro marido (de quem manteve o sobrenome), que ela casou com o homem que acreditou nela e mudou sua vida: Malcolm McLaren (valeu, Malcolm!). Ele era produtor da banda punk Sex Pistols, todo envolvido com rock e, junto com Vivi (eu gosto de chamar minha musa assim), abriu a loja Let It Rock no começo dos anos 1970.

Chamada de estilista punk, por vestir a camisa não só do Sex Pistols, mas também de outras bandas, Vivienne ajudou a trazer de volta o movimento que substituía o "love and peace" pelo "sex and violence". Foi ela que transformou o punk em moda.

estampa floral

Com muita roupa de látex, couro e camisetas nas araras e na vitrine, a loja mudou de nome e virou "Too Fast to Live, Too Young to Die", que não demorou a ganhar o nome de "Sex". Vários nomes, mesmo endereço — desde 1971 ela fica localizada na King's Road, em Londres, e hoje virou referência histórica e turística.

Em 1982, ela desfilou em Paris pela primeira vez. Já com um olhar um pouco mais afiado, Vivi começou a criar cada vez mais a partir de temas polêmicos e sociais.

Quando o movimento e a tendência punk começaram a entrar em decadência, a estilista se reinventou como criadora. Amo quem se reinventa! E deu certo. Nesse momento, seu nome foi ficando mais forte e ela começou a colocar na passarela formas e volumes que viraram sua marca registrada; você olha e, pá!, diz na hora que são criação de Vivi Westwood.

Ao longo de sua superbem-sucedida carreira, Vivi também amou criar sapatos, produzindo imensas plataformas cheias de estilo. Um dos sapatos criados por ela foi o responsável pela queda da modelo Naomi Campbell na passarela de um de seus desfiles. Já catei no YouTube pra ver o tombo, óbvio.

"Too Fast to Live, Too Young to Die"

Capítulo 15

QUANDO ABRI OS OLHOS, ME DEI CONTA DE QUE ESTAVA NA enfermaria da escola. Eu tinha desmaiado, perdido os sentidos completamente! E, pior, todo mundo viu. Que mico! Eu nunca tinha desmaiado na vida! Que sensação estranha. Samantha, Erick, Laís, Orelha, Tetê, Zeca e Davi estavam olhando para mim, indisfarçadamente apavorados.

— Que foi, gente? Que caras são essas? Tá tudo bem, foi só um desmaio.

— Valen, nunca é "só" um desmaio. Tem que ver isso aí, por que aconteceu — argumentou Laís.

— Eu caí de fome, literalmente. Não deu tempo de tomar café da manhã, não consegui comer no recreio, na verdade eu tô há muito mais tempo sem comer do que devia. Agora é só me alimentar, tá tudo certo.

— Você emagreceu muito nos últimos tempos, Valentina — disse Tetê, em tom acusatório, como se emagrecer fosse um crime.

— Você também emagreceu, ué.

— Mas aos poucos, sem dieta maluca. E tô zero magrela, nunca nem quis ser magrela — reagiu Tetê. — Você tá fazendo alguma dieta?

— Mulher tá sempre fazendo dieta, né? — respondi na lata.

— Eu não tô — falou Laís.

— Nem eu — completou Samantha.

— Muito menos eu — emendou Tetê.

Que ódio!

— Ai, tá bom, vocês são exceção! — reagi irritada.

— Que dieta maluca você tá fazendo agora, Valen? — quis saber Erick, que no tempo em que namoramos acompanhou algumas.

— Nenhuma...

— Conta outra, Valen — provocou Erick.

— Tá boooom! Eu faço maaaais ou menos a do jejum intermitente.

— O que é isso, Valen?

— Ai, Erick! Que saco! É ridícula, nada de mais. Eu só fico o máximo de tempo que eu consigo sem comer — expliquei. — Todo mundo faz.

— Não importa todo mundo. Você tá fazendo isso com acompanhamento de nutricionista ou de um endocrinologista?

— Não, Tetê. Eu sei como funciona, a personal da minha mãe faz e eu perguntei pra ela como é. Só queria perder dois quilinhos, já perdi, tá ótimo. Vamos pra casa todo mundo, bora? — encerrei o assunto, já me sentando na maca.

— Você não vai embora, não, Valentina. Seu pai está vindo para te levar para o hospital — contou Laís.

— Hospital? Mas meu pai chega hoje! Não quero estragar o dia dele.

— Tá, mas acabei de falar com a sua mãe, ela vai para o hospital adiantar tudo pra você.

— Que exagero, meu Deus! Não tem necessidade...

— Não é exagero, não, Valentina. Você estava na minha frente quando revirou os olhos e caiu dura no chão. Tem necessidade, sim, tô tremendo de susto até agora — desabafou Samantha.

— Foi estranho, sim, Valen. Foi bem estranho — sussurrou Laís, fazendo carinho na minha mão.

— E a sua cabeça bateu forte no chão. É bom fazer uma ressonância magnética pra ver se está tudo direitinho — falou Samantha.

— Eu bati com a cabeça?

— Forte — insistiu Davi.

Uau.

Então tá. Parece que foi pior do que eu imaginava. Fiquei arrasada. Levar problema para o meu pai no dia em que ele chega de uma viagem cansativa... Puxa... Eu não podia ter desmaiado outro dia? Eu sou uma péssima filha mesmo.

De repente, meu pai entrou esbaforido e veio direto na minha direção. E eu abracei tanto ele que até chorei. Não sei se por ele me buscar na escola, o que ele não fazia há anos, não sei se pela emoção de vê-lo depois de tanto tempo, não sei se pela felicidade que senti ao vê-lo preocupado comigo. Ou por tudo junto.

— Desculpa — falei para meu pai, já no carro a caminho do Hospital Samaritano, em Botafogo.

— Desculpa pelo quê, filha?

— Por ter desmaiado e estragado a sua chegada.

— Tá doida? Estragou nada. Adoro passear em hospital, é sempre um lugar todo limpo, cheirando a desinfetante e, melhor, se a gente passa mal tem sempre alguém pra socorrer.

— Como você é bobo! — retruquei, fazendo dengo, enquanto ele me abraçava.

— Filha... Esse negócio de hoje, de você não ter tomado café da manhã e nem lanchado na escola... Foi esquecimento, mesmo, né?

— Foi, claro.

— Foi só hoje, né?

— Aham.

— Não foi uma dessas dietas que sua mãe vive fazendo, não?

— Não! Vira essa boca pra lá, eu não quero virar a mamãe, não!

Ele riu e eu me surpreendi com meu texto: "Não quero virar a mamãe". Verbalizei muito segura, firme. "Eu não quero ser nunca como a minha mãe, em nenhum aspecto", eu deveria ter complementado.

Cheguei ao hospital e minha avó e minha mãe já tinham arrumado tudo. Fui direto para um quarto, onde mediram minha pressão, temperatura, auscultaram meu coração, espetaram minha veia e daí em diante foi uma batelada de exames: tomografia, ressonância, exames de sangue em mil tubos. Afe! Eu me senti doentíssima.

Esperávamos o resultado quando entrou um médico no quarto. Era um quarentão alto, bonitão e simpático, que veio na minha direção e já foi estendendo a mão para mim.

— Boa tarde, Valentina. Eu sou o doutor Fábio, tudo bem? Já está de saco cheio do hospital?

— Super. Posso ir embora?

— Não. Tô aqui vendo seus exames e queria te examinar e dar uma conversadinha com você. Pode ser?

— Claro.

— Me fala uma coisa: você tem sentido dor no peito na hora de comer?

Demorei para responder, porque não queria que meus pais estivessem ali.

— Éééé... tenho.

— Tem?!?! — espantou-se minha mãe.

— Mas não é nada de mais, bem pouco — acrescentei rapidamente.

— Desde quando, Valen? — quis saber meu pai.

— Com licença, gente, já, já ela responde. Preciso examinar a filha de vocês — avisou doutor Fábio. — Dói quando eu aperto aqui? — perguntou ele, já apertando a parte superior do meu abdômen.

— Aaaaiii, dói!!! — respondi já gritando de dor.

— Ok. E dificuldade para engolir, você tem sentido também?

— Tenho me sentido pesada às vezes, como se a comida ficasse entalada.

— Desde quando?! — questionou minha mãe.

— Por isso você emagreceu tanto, minha filha — disse meu pai.

— Você acha que eu emagreci, pai? — perguntei, feliz por ele ter notado.

— Só um minuto, já deixo vocês conversarem. Preciso só concluir aqui com a Valentina — pediu o médico, com cara de médico tenso de série de médico. — E azia, refluxo, náusea? Você tem?

— Hum. Tenho.

— Vomita com frequência?

A pergunta me deixou, sei lá, acelerada, meio nervosa.

— N-não. Q-quer dizer, sim. Às vezes. Um pouco. Bem pouco.

— O quê?! — indagou minha mãe, bancando a preocupada.

— É grave, doutor? — foi a vez de o meu pai perguntar.

— Não, não é. Só um minuto, preciso saber direitinho o que ela está sentindo pra poder medicá-la da melhor maneira — explicou. — Mas hoje vou querer que a Valentina passe a noite aqui para fazermos uma endoscopia nela logo cedo amanhã de manhã, ok?

— Dormir aqui? Não! — reclamei. — Eu já tô bem. Tô me sentindo ótima. Nem tô sentindo a cabeça doer, vai só virar um galo. É só você me dar o remédio que eu tomo direitinho e melhoro rapidão, doutor.

— Não é assim, não, Valentina! — bronqueou papai. — Médico a gente obedece.

— Mas você chegou de viagem hoje, eu queria jantar com você, pai! — pedi.

— A gente janta aqui, ué — argumentou ele.

— Comida de hospital? Eca! — eu falei.

— A comida daqui é gostosa, mesmo a sua, que vai seguir uma dietinha especial por conta do exame — explicou o médico.

— Como é que é esse exame, doutor?

— É ótimo. Lindo. Um tubo fininho vai entrar pela sua boca e analisar meticulosamente todos os seus órgãos: esôfago, estômago, duodeno. Vamos ver se você é bonita por dentro como é por fora.

Uau, o médico finalmente descontraiu e fez... hum... piada.

— Lindo um cano goela adentro? Pra você, né, doutor?

— Relaxa, você vai estar anestesiada.

— Gente, que exame é esse que precisa anestesiar? — indaguei meio apavorada, confesso.

— Ao que tudo indica, pelos exames de sangue e pelo raio X, você tem uma esofagite. E preciso fazer uma endoscopia em você porque só ela vai me mostrar o tamanho do dano no seu esôfago. E só com esse resultado na mão eu vou poder tratar o seu problema da forma mais eficaz, com o medicamento mais indicado para o seu caso, pra você ficar logo boa e comer tudo o que quiser sem dor e sem mal-estar.

Gelei, morrendo de medo.

— Pera, doutor. Parei de ouvir em esofagite. O que é isso? Tô com medo.

— Não precisa ter medo. Esofagite é uma inflamação que danifica o tubo que vai da garganta ao estômago, e é mais comum do que se imagina. Fica tranquilinha.

— Caraca, nem lembrava que existia esôfago.

— Faltou a essa aula também, Valentina? — debochou minha mãe, perdendo um ótimo momento pra ficar calada.

— Amanhã, depois que você acordar da anestesia, eu te dou alta, ok? Em pouco tempo, você vai poder comer tudo e mais um pouco.

E essa frase final soou mal... Tão mal. Sei lá. Eu, toda trabalhada na preocupação com a balança, e o médico querendo me engordar?

— Será que os pais podem me dar licença um minutinho?

— Não, eu gostaria de ficar... — foi logo falando minha mãe.

— Petúnia! — repreendeu meu pai, já abrindo a porta e puxando minha mãe suavemente pelo braço.

Eles saíram em silêncio.

— Eu já falo com vocês, um minuto, por favor — avisou o médico.

Engoli em seco.

— Você quer me contar algo, me falar alguma coisa, Valentina?

— Quero. Quero saber por que você quis ficar sozinho comigo.

— Porque talvez você tenha alguma coisa pra dizer que seus pais não saibam, provavelmente nem suspeitam, e se sinta mais à vontade em falar primeiro para mim e depois para eles. Porque agora eles vão ter que saber.

Minhas mãos começaram a suar e então eu comecei a piscar freneticamente, milhões de vezes por segundo, mordendo os lábios, nervosa.

— Eu quis que eles saíssem pra você ter tempo de pensar em *como* você vai contar pra eles que é bulímica e que está a um passo de se tornar anoréxica.

Comecei a chorar.

— Isso se você já não estiver em processo de anorexia.

— Não tô!

— Tomara que não. Mas é por isso que eu *realmente* preciso ver como está tudo aí dentro, entendeu agora?

Eu morri quando ouvi a última frase do médico.

— Mas... eu vomitei pouquíssimas vezes...

— Essa pode ser a mentira que você gosta de dizer pra você mesma. Você vomitou tanto que machucou seu esôfago. Você não consegue mais comer porque dói, machuca tudo aí dentro, e pesa, então você vira anoréxica. É fácil assim. Num estalar de dedos, você fica com dois distúrbios alimentares. Você faz terapia?

Baixei os olhos envergonhada, arrasada. Eu tinha sido descoberta.

— Faço. Mas nunca falei isso com o peso que devia na terapia — confessei a um completo estranho. — Faço há uns dois anos no total. Uns cinco anos atrás, eu botei o dedo na garganta pra vomitar pela primeira vez. Eu tinha 12 anos. Parece que foi ontem, mas eu era outra garota. Eu me acho muito horrível, disforme, deformada. Não consigo me olhar no espelho. Todo mundo me acha bonita, mas eu não consigo me ver assim. E eu pensei que vomitando eu podia comer e não engordar. Tem muitos sites disso, você sabe, né, e as meninas ensinam como fazer. Eu era uma garota podre na escola, porque eu tinha raiva de mim, da minha imagem e de todo mundo que era como eu. Sei que fui péssima e que eu não seria minha amiga, sabe? E não é nada legal chegar a essa conclusão. E fui na terapia pra tentar ser alguém melhor, mas nunca tive coragem de falar abertamente disso...

Pronto. A verdade, que eu nunca sequer quis ouvir.

— Eu imagino.

— Aí eu entrei na terapia, comecei a me entender melhor, parei de querer botar essa espécie de raiva que eu tinha pra fora. E parei. Até... sei lá... outro dia. Não sei se há meses, semanas. Meses, talvez. Eu achava que parando de ser disforme, emagrecendo, chegando em uma forma *certa*, eu ia parar de encanar com isso. Não achei que isso era um problema, probleeeeema...

— Eu vou cuidar de você, do seu corpo, deixa comigo — tranquilizou o médico. — Mas você precisa cuidar da sua cabeça. Tem muita coisa aí que precisa ser resolvida ainda. A bulimia não é uma coisa separada na sua vida. Ela tem a ver com outras questões que você precisa ver e falar com sua psicóloga.

— Eu sei... — concordei. — Mandei mensagem pra minha terapeuta mais cedo, quando eu tava vindo pra cá, e ela cismou que vai vir aqui. Deve estar chegando, até. Falei que não precisava, mas...

— Precisa sim. Que bom que ela está vindo.

Respirei fundo depois do ataque verborrágico que eu tive com o doutor bonitão.

— Brigada, viu? E desculpa sair falando.

— Não tem que pedir desculpa, é para isso que os médicos servem.

Alguns minutos depois, bateram à porta e era justamente Elaine, que eu não via fazia umas três semanas. Ou mais. Sei lá. Tinha perdido a conta e a noção de tudo. Não é que estivesse difícil ser eu. Estava muito estranho ser eu naquele momento.

— Eu sou Elaine, a psicóloga dela, doutor.

— Opa. Muito prazer, Elaine, sou Fábio. Que bom você chegou. Acho que vocês duas precisam muito conversar.

— Eu avisei aos pais dela que eu ia entrar pra conversar com ela e depois falaria com eles, pode ficar tranquilo — contou Elaine.

— Ah, tudo bem. Vou aproveitar e conversar com eles agora.

Então o doutor bonitão contou para a Elaine o diagnóstico que fez de mim, se despediu e foi embora. Ela se sentou na cama do hospital ao meu lado.

— O que tá havendo, Valen?

Nessa hora, eu (re)comecei a chorar.

— Toma!

Ela tirou da bolsa um porta-lencinhos-de-meleca cheio de lencinhos de meleca. Ela é cheia deles no consultório, mas na bolsa eu não imaginava. Prevenida, ela. E sabe como funcionam seus pacientes.

— Você não tem ido às sessões, mal responde minhas mensagens, agora vem parar no hospital e me escreve...

Eu respirei fundo e tomei bastante ar, para confessar em um fôlego só:

— Eu induzo o vômito, Elaine. Há um tempo já.

Ela olhou bem dentro dos meus olhos antes de baixar a cabeça para uma respirada profunda. Soltou o ar e então disse:

— A gente já falou sobre isso, mas você não só não deu importância, como não voltou ao assunto, mesmo quando eu puxava.

— Pois é. Eu errei com você.

— Não, Valentina. Nada de "errei". Às vezes a gente se comporta sem se dar conta do quanto está, na verdade, se boicotando.

— É que pra mim tava tudo sob controle. Era só uma fase, eu dizia pra mim mesma. Só uma fase... Quando eu chegasse ao peso certo, ia ficar tudo bem... — Foi a minha vez de baixar a cabeça, em um misto de vergonha com decepção comigo mesma. — Quem eu queria enganar, Elaine? Quem? Desculpa nunca ter falado isso pra você.

— Não tem que pedir desculpas. Não seja tão dura com você, Valentina. Você tem só 17 anos. O que você chama de erro eu prefiro chamar de padrão. Esse tal de "peso certo", o que é isso? De onde vem isso? A gente precisa entender esse padrão que você tem na cabeça e esse padrão de comportamento pra aprender um novo caminho, uma nova forma de viver. A vida vale muito a pena, Valen.

Baixei os olhos e olhei pela janela. As lágrimas escorriam pelo meu rosto.

— Sou a pior paciente do mundo, né? Mentirosa, louca, bota a vida em risco...

— Valentina, eu jamais te julgaria. Tudo o que eu quero é cuidar de você e te ajudar a ver a vida de outra maneira. Uma maneira mais leve.

Não consegui dizer nem uma palavra sequer. O silêncio foi cortado por uma frase afiada que eu não queria ouvir.

— Você vai ter que contar para os seus pais.

Não!, lamentei por dentro. Fechei os olhos tensa, amedrontada.

— Não! — finalmente consegui verbalizar, ao mesmo tempo que desabava com as duas mãos tapando a cara banhada em sal.

Elaine me abraçou e me deixou chorar aquele choro acumulado no seu ombro acolhedor.

— Desculpa... Eu odeio chorar...

— Por quê?

— Porque me faz parecer frágil e boba! — Aumentei o tom da voz sem querer, meio chorando, meio com raiva.

— Chorar é ótimo, Valentina. E era exatamente disso que você estava precisando.

E então eu chorei mais. E Elaine me acolheu em seus braços.

Quando ela viu que eu estava me acalmando, prosseguiu na conversa mais difícil da minha vida.

— Não tem como seus pais não saberem, querida.

— Não! Elaine, não!

— Valentina... Eles precisam saber. Isso é para o seu bem, acredite.

Engoli em seco.

— Eles te amam e se importam com você. Eles não podem deixar de saber que a filha deles está em risco. Dividir isso com eles é cuidado, é preservação da vida.

Vida... O que eu estava fazendo com a minha, meu Deus? Respirei fundo algumas vezes, enxuguei as lágrimas, entendi perfeitamente o ponto que a minha terapeuta estava mostrando e pedi:

— Você pode contar, por favor? Ou, pelo menos, abrir o assunto pra minha conversa com eles fluir melhor?

— Claro. Eu introduzo e você desenvolve, pode ser assim?

— Combinado. Mas... Antes... Posso te perguntar uma coisa?

— Claro, querida.

— Tudo bem, eu sei que no começo eu vomitava porque eu queria pôr a comida pra fora pra não engordar. Mas depois saiu do meu controle, e eu só vomitava. Mas depois eu parei, e depois eu voltei. Por quê?

— A bulimia, ainda mais assim, com interrupções, faz todo sentido com o seu histórico, Valentina.

— Sério?

É, o quarto sem graça do hospital tinha virado um consultório de psicologia.

— Normalmente, os bulímicos são pessoas que se acham vazias, descontextualizadas.

— Sim, sou eu.

— E também se sentem invalidadas, muitas vezes em casa.

— Invalidadas?

— Quando uma pessoa invalida alguém, é o mesmo que dizer que ela anula esse alguém. É muito normal o invalidador ser uma pessoa próxima que bota você pra baixo, que debocha...

— A minha mãe me invalida bastante. Principalmente com esse negócio de emagrecer. Minha avó também.

E só então percebi que apenas meu pai não me invalidava.

— Ok, mas botar a culpa nelas ou em qualquer pessoa não justifica as suas escolhas. É muito mais fácil culpar alguém que admitir nossas falhas, e você não pode cair nessa armadilha.

— Entendi...

— Quem sofre de bulimia acaba devolvendo as emoções desagradáveis do dia a dia de maneira hostil para pessoas próximas. Você já entendeu que o seu comportamento fez mal pra muita gente.

— É. Eu fiz muito bullying na vida. Com muita gente.

— Pois é. Aí o vômito apareceu como punição por você ser quem é. Você odeia tanto o que já fez que se pune vomitando, prejudicando o seu corpo. E o corpo é o nosso bem mais precioso, Valentina.

— Eu tenho problema com meu corpo. Eu quero mesmo me punir por não ser perfeita. Por não ser quem esperam de mim. Por não ser amada. É como se não me amassem porque eu não mereço ser amada, porque sou uma porcaria, sabe? Mas o mais louco dessa história é que vomitar me dá uma espécie de alívio...

— Sim, é natural, porque o vômito acaba suprindo o vazio e a solidão que você sente, e que acabaram levando você a fazer bullying. Quando você vomita fica o quê? Aliviada.

Eita, Freud, ainda bem que você existiu pra estudar as zilhões de coisas que podem acontecer na nossa cabeça. E olha que se sabe tão pouco sobre o cérebro, mesmo com toda a tecnologia...

— Peraí... O alívio que o vômito dá então... Pode ter a ver com o alívio que eu sinto machucando a gengiva?

— Você machuca a gengiva também, Valen? Como? — perguntou Elaine, bem preocupada.

— Não, calma! Isso eu fiz umas duas vezes no máximo, juro. Com a unha, com a escova de dente... Mas achei muito bizarro e nunca mais fiz. — E me ouvir falar essa frase fez cair a ficha. Pensei alto: — É... porque meter o dedo na garganta pra vomitar não é bizarro, não, imagina...

— Exatamente, Valen. O corpo vira uma ferramenta pra gente se punir e também pra conseguir ajuda, alívio, conforto.

— Uau. A cabeça da gente é muito doida mesmo — constatei, em choque, achando que tudo o que eu tinha acabado de ouvir fazia muito sentido.

— Ô, Valen... Não abandona a terapia, não...

— Não, Elaine. Juro que não! Eu vou voltar. Eu tô vendo como é importante.

— Volta mesmo. Vou te esperar.

— Não vou faltar, pode acreditar. Tá brabo.

— Tô entendendo. Entendi tudo desde que soube que você estava aqui.

Respirei fundo enxugando as lágrimas e, antes que ela fosse embora, eu falei:

— Não fica com pena de mim.

— Imagina! Você vai superar tudo isso. Beijo, boneca. Se cuida. Vou falar aqui com seus pais — avisou, dando uma piscadela antes de sair.

A conversa dela com meus pais foi mais demorada do que eu pensei que seria. Ou eu tinha perdido totalmente a noção de tempo, ou eles estavam lá fora havia séculos. Quando eles entraram, foi estranho. Eu, com aquela relação cagada com a minha mãe, e com meu pai sempre longe e sem saber de nada do que acontecia na minha vida...

— Cadê a vovó?

— Não aguentou ficar muito tempo. Você não conhece ela? Disse que se cochilasse na sala de espera o povo internava, achando que ela estava mais pra lá do que pra cá — descontraiu meu pai.

Rimos todos, por mais que tivesse um elefante branco no meio do quarto.

— O que foi que eu fiz de errado? — gritou minha mãe, perdendo mais uma vez uma enorme chance de ficar calada.

— Fala baixo, Petúnia! — reclamou meu pai.

— Com toda informação que você tem, sendo a menina privilegiada que é, você *jura* que tem coragem de enfiar o dedo na garganta pra forçar o vômito? — insistiu minha mãe, ainda com um tom zero apropriado para um hospital. — Mas é de uma ignorância que eu não acredito, Valentina! E é um nojo, acima de tudo!

— Petúnia, se você não é capaz de conversar decentemente e AJUDAR a nossa filha, é melhor sair e se acalmar pra falar depois com ela.

Eu não tinha mais forças nem pra chorar.

— As pessoas morrem disso, sabia, Valentina? — disse ela entre dentes, cheia de raiva. — Eu achei que você fosse inteligente, mas é uma porta.

— E você não é minha mãe!

— O quê? Olha o respeito, garota!

— Na hora em que eu mais tô precisando de colo e compreensão, você não para de me criticar nem por um segundo! Não para de me botar ainda mais pra baixo do que eu já tô! Mãe por acaso faz isso? Por favor, se você não tem nada melhor pra falar, fica quieta. Por favor!

E desandei a chorar. Chorei em uma tarde o que eu não chorei em um ano.

— Eu falo o que eu quiser porque eu sou sua mãe, garota! E não faz essa cara de petulante, de que está se achando muito cheia da razão, porque não está! Está errada! Totalmente errada!

Só faltava essa, agora a culpa é minha... É impressionante, sempre teve a soberba morando em você, puxou mesmo a família do seu pai, Valentina. Eu falo o que eu quiser, entendeu? O que eu qui...

— Chega! A nossa filha está debilitada. Não vou ficar do seu lado, por favor pegue suas coisas e me deixe sozinho com a Valentina, Petúnia.

— E se eu não quiser deixar minha filha com um estranho? Porque você é um estranho pra ela, João, você sabe, né?

— Mãe... Por favor... Me deixa sozinha com o meu pai... — implorei, quase sem voz.

Ela saiu.

E eu só consegui olhar pra paisagem concreta do lado de fora da janela.

— Vem cá, minha filha. Não diz nada. Posso só te dar um abraço?

— É o que eu mais quero...

Era o que eu mais queria há dias... Há anos.

Toda aconchegada no abraço dele, ouvi a pergunta:

— Quem é Levy, Valentina?

— É um amigo do teatro. Por quê?

— Porque ele te ligou e mandou várias mensagens. Achei que fosse mais que amigo, mas tudo bem.

— Ô, pai...

E o abraço durou não sei se trinta segundos ou trinta minutos. Só sei que foi redondo e fez meu corpo relaxar. Eu e meu pai, meu pai e eu.

Na manhã seguinte, a anestesia fez efeito e eu dormi profundamente enquanto tinha as entranhas vasculhadas por um tubo com câmera. Minha esofagite era leve e em pouco tempo eu estaria bem, porque todo o resto estava bem. Podia ter sido muito pior, mas graças a Deus não foi. Foi só um enorme susto, que fez soar em mil sinos na minha cabeça e mudar algumas coisas dentro dela.

Peguei o celular para ligar para o Levy. Fiquei olhando para a tela, na dúvida se escrevia ou telefonava. Então botei o aparelho de lado e peguei o computador para ver uma série e me distrair um pouco naquele hospital.

Capítulo 16

NO OUTRO DIA, JÁ EM CASA, MEU PAI FOI ME ACORDAR DE MANHÃ com achocolatado geladinho.

— Ô, pai... Que fofo! Obrigada!

— Era assim que você gostava quando era pequenininha, lembra?

Levantei e tomei.

— Aham! Humm... Que delícia, pai!

— Botei um pouquinho de sorvete. Só um pouquinho. Shhhh!

— Shhhh! — fiz, cúmplice.

— Você não tem dúvida de que eu te amo muito, né, filha?

— Claro que não, paizinho... Eu te amo muito também.

— Muito, muitão, muitones?

Revirei os olhos. Ele adorava voltar ao passado, e eu achava muito bonitinho isso, apesar de fazer cara entediada.

— Muito, muitão, muitones.

— Você sabe que... Mesmo quando eu não tenho tempo de falar com você, eu tô sempre pensando em você?

— Não sabia, mas se você tá dizendo...

— Filha, eu quero que saiba que mesmo longe, eu estou sempre perto de você.

— Ai, pai, que cafona!

Ele riu.

— Mas é verdade, Valen. Quero que você lembre que eu sou seu amigo, que você pode me contar tudo. Menos de garotos.

Foi a minha vez de rir.

— Eu sou louco por você, filha. Ver você anestesiada pra fazer o exame, tão frágil, doeu meu peito. Mesmo. Dor física. Eu não sou ninguém se você não está bem, Valentina.

— Ô, pai... Tá bom...

Abracei meu progenitor, que, aliás, nunca tinha me abraçado tão forte. Quis dizer para ele, com meu abraço, que estava tudo bem.

— Quero que você me mande muito mais mensagens do que você me manda, quero falar muito mais, quero mais FaceTime, quero ser um pai melhor. Me ajuda?

— Você já é o melhor pai que pode ser, pai.

— Eu quero ser melhor que isso. Eu vou ser melhor que isso. Você merece, filha.

— Eu tô merecendo isso mesmo depois de quase me ferrar bonito?

— Mais do que nunca você tá merecendo todo o amor que houver nesta vida, filha.

— Pai. Por que você tá tão cafona? O que foi que houve?

Ele riu e jogou uma almofada em mim.

— Nem pense em ficar doente, nem pense em ficar sem comer de novo, nem pense em qualquer coisa que coloque sua vida em risco, meu amor. Você é a coisa mais importante da minha vida. Se eu me mato de trabalhar, se eu estou sempre dentro de avião, é tudo pra você, por você.

Que delícia acordar assim.

Na escola, a onda de amor continuou. Que gostoso me sentir querida! Estavam todos querendo saber o que tinha acontecido, se eu estava doente, se eu ia morrer, se eu tinha virado zumbi... Samantha veio conversar comigo e, antes de qualquer palavra que ela dissesse, eu me adiantei:

— Me perdoa? Por favor?! — implorei.

— Tá perdoada, Valen. Poxa. Que desespero ver seu olho ficando todo branco, virando, cara. Você suando em bicas, e tava zero calor. Nunca fiquei tão preocupada. Gelei com a possibilidade de você ter morrido naquela hora.

— Sério?

— Sério! E a gente não tá aqui pra isso, não! De que adianta ficar irritada com seu sincericídio e a vida, frágil do jeito que ela é, acabar de repente sem nem me dar a chance de dizer que a sua atitude com o Caíque acabou sendo boa pra mim?

— Oi?

— É! Por causa de tudo o que você disse, da repercussão aqui na escola, eu pude puxar o assunto da minha mudança com o Erick de uma vez. Não do jeito que eu queria, tudo bem, mas abriu a porta e eu pude falar com ele de peito aberto. Não só com ele, mas também com o próprio Caíque, né?

— Ô, Samantha... Que bom! — Sorri aliviada e sinceramente feliz.

— E não é só isso.

Fiquei cabreira.

— Eu... eu estava errada... bem errada, na verdade, quando achei normal uma pessoa ensaiar meses a menos só porque eu queria brincar mais de fazer teatro. Era um baita egoísmo meu.

— Ô, Samantha! Eu...

— Você abriu meus olhos, Valen. Eu tava meio cega.

— Bem cega, você quis dizer — brinquei.

— É, mas pisa menos — brincou ela de volta, rindo leve.

— Se não fosse você, eu talvez não tivesse entendido que eu estava sendo a garota mais egoísta do mundo.

— Que bom que você chegou a essa conclusão! — comemorei.

— Mesmo com você me alertando, demorei... mas vi — completou. — Sou humana, poxa.

— Claro. Somos.

— E com 17 anos, pensa que é fácil lidar com tudo que acontece com a gente?

— Não é fácil mesmo, Samantha. É difícil se sentir confortável 100% do tempo na nossa própria pele.

— Uau! Você tá muito analisada mesmo — brincou Samantha. — Brigada, viu?

— Imagina — falei, e baixei a cabeça agradecida.

Agradecida por aquele momento, agradecida por ter feito alguém refletir e mudar de opinião, agradecida por estar viva.

— Não sai do teatro, não. É muito legal te ver em cena, ver você pirando com os figurinos... — disse ela.

Sorri. E fiquei de pensar.

— Tá tudo bem, né?

— Tudo. Só mal-estar de não comer direito mesmo — respondi, sem contar totalmente o meu problema.

— Bem que o Erick falou que era isso.

— Pois é.

Ah, onde está escrito que eu tenho que dizer pra todo mundo que tenho esofagite? Que induzo o vômito? Falar para minha família tinha sido difícil, mas admitir para mim mesma tinha sido um superalívio. E, naquele momento, só eu mesma precisava saber o que tinha acontecido. Eu e meus pais.

— Graças a Deus não foi nada grave, Valen. Eu... eu não tive oportunidade de dizer que nada é mais importante do que ter você perto da gente. Por mais estresses que a gente tenha tido, eu só desejo saúde pra você.

E enquanto Samantha me abraçava, minha bunda vibrou. Não minha bunda, claro, o bolso da bunda da calça, onde estava o celular.

STELLA
Que história é essa de você ter sido internada?

VALEN
Internada não!!!! 😂 Eu só passei a noite no hospital pra fazer uns exames. Desmaiei na escola porque não tinha comido direito, só isso.

STELLA
Só isso mesmo?

VALEN
Só!

STELLA
Tava preocupada, poxa.

VALEN
♥ Como você soube?

STELLA
A Laís me contou.

VALEN
😐

STELLA
Sinta-se beijada e apertada! Se der, passo na sua casa pra dar beijo.

Foi terminar a conversa e a Marcia entrou na sala com seu jeito empinadinho de ser. No fim da aula, ela veio falar comigo, toda preocupada. Achei muito fofa. O mais legal é que aquela fofura não era exagerada, era genuína mesmo, própria dela, verdadeira. Houve um tempo em que eu não acreditava em gente fofa o tempo todo. Ah, vá! Ninguém é fofo o tempo todo! Tá bem, a Marcia é. A Tetê também.

— Fiquei sabendo do desmaio, Valentina. Tá melhor?

— Em processo de melhora — falei. — Foi só um desmaiozinho. Eu passo mal quando como mal — menti conscientemente.

Marcia não pareceu comprar minha mentira. Pudera. Ela era nossa professora fazia uns dois anos, ou três, sei lá, parecia que dava aula para a gente a vida toda, de tanta sintonia entre ela e a turma. Aquela ali conhecia bem a gente. Era, provavelmente, a que mais nos conhecia. Tirou de sua bolsa gigante um livro e me deu.

— *A parte que falta*? — li o título em voz alta.

— É um livro infantil que todo adulto devia ler — explicou a professora mais legal da vida.

— E por que você tá me dando ele?

— Porque uma pessoa especial me deu este livro em um momento em que eu estava pra baixo...

— Você? Pra baixo? É difícil de acreditar.

— Pra você ver. Todo mundo tem momentos de tristeza, decepção, frustração, indignação... Viver não é tão fácil quanto as redes sociais fazem parecer.

Que linda. Além de professora incrível, ela era filósofa/psicóloga.

— Durante muito tempo, eu achei que precisava tapar um buraco da minha alma que ficava bem no meio do meu peito e queimava. E eu sentia queimar literalmente. Lendo esse livro, entendi que aprender a viver com meus vazios me faz ser uma pessoa muito melhor. Pra mim e pra quem convive comigo.

— Você tem vazio, Marcia? Tô bege.

— Todo mundo tem seus vazios, Valen.

— Todo mundo? Jura? — perguntei, desconfiada daquela afirmação.

— Todo mundo. Em uns o buraco é maior, em outros é menor, em uns dói mais, em outros menos, mas posso garantir que em vez de querer tapar o buraco, cobrindo a parte que falta com qualquer coisa, muito melhor é aprender a conviver com ele e se sentir feliz e plena, como vocês dizem, com essa parte que "falta" e que é fundamental pra você ser quem você é.

Fiz uma cara de espanto.

Como ela sabia que eu tenho um imenso vazio, cheio de coisas ruins dentro? Incoerente, eu sei, mas vazios têm coisas ocas por dentro, digamos assim. É, maluco! O negócio é profundo, não é parada de superfície, não!

Lembro bem de pensar: *Essa professora é vidente?*

— Quando a gente entende que esse buraco é que nos faz completas, muda tudo. E a vida fica tão mais bonita, Valen. Tão mais fácil...Tão mais leve...

Leveza, nossa... Era tudo o que eu queria. Dei nela um abraço, daqueles de urso.

— Eu não sei o que dizer. Muito obrigada, Marcia.

— Não precisa agradecer, meu amor. Só queria dizer que caso você queira falar, eu tô aqui, tá? Gosto muito de você, Valentina.

Derreti.

— Eu também gosto muito de você, Marcia. Muito.

Que gostosa a sensação de saber que, se eu morresse, iam sentir a minha falta. Minha morte não passaria em brancas nuvens, coisa que eu jamais suspeitei.

Depois da aula, fui almoçar no Shopping da Gávea com o Zeca e pedi um missô, sopinha japa com tofu e cebolinha que eu amo.

— Vai comer só isso? Não vai morrer de fome? Olha lá, Valentina...

— Tô sem fome, Zeca.

— Mas tem que comer direito, Valen. Olha o que acabou de acontecer com você, mulher! Você tá um palito, um filé de borboleta, deixa de querer emagrecer, pelo amor!!!

E pensar que eu estava me achando gorda outro dia. E, pior, me odiando por ser gorda, como se ser gorda fosse uma ofensa. Afe! Precisei dar a última mentidinha do dia.

— Eu tô com um pouco de dor de garganta, comendo coisas mais pastosas pra não doer tanto.

— Ô, Valentina! Promete que não vai entrar em outra dieta maluca, por favor?

Precisei desmaiar pra saber que as pessoas se preocupam comigo. Que vida louca.

Terminamos o almoço e subi pro consultório da Elaine, que era lá mesmo no shopping, para a minha primeira sessão pós-esofagite.

Mesmo depois de conversar com ela, de me ouvir falando tudo, achei que se o acontecido fosse um filme, e eu fosse a diretora, já teria gritado "corta!" há um tempinho. Acho que foi meio exagerada a reação de todo mundo. Entendi que eu era bulímica, por mais que eu quisesse esconder o assunto embaixo do tapete, e também aprendi que não existe ex-bulímica, como pensei que eu fosse, mas caramba!

— Por mais que a gente não tenha controle sobre nada, eu tava sob controle, Elaine. Sei que é um distúrbio grave e tal, mas eu totalmente controlava!

— Valen, querida, autocontrole se treina. Mas você fugiu da terapia e não andava treinando muito, né?

Ri com a cabeça baixa. De vergonha mesmo.

— Quando uma pessoa *acha* que está no controle, ela se sente autorizada a fazer o que quiser. Sem vir às nossas sessões, por mais que você tenha evoluído muito até aqui, você não tem a concentração pra executar tudo o que aprendeu sobre autocontrole — discursou Elaine, a gênia. — Guarda isso: quando uma pessoa se diz no controle, isso é apenas uma crença *autorizadora*, a pessoa tem a falsa ideia de que está tudo controlado e ferra geral, como vocês falam. Sempre ferra geral. Isso é bem comum nos transtornos alimentares.

Caramba. Psicologia era mesmo uma coisa maravilhosa. Como é que entrou há tanto tempo e tão fundo na cabeça do ser humano? Todo o meu aplauso pra ela.

Capítulo 17

NA MANHÃ SEGUINTE, MEU PAI AVISOU, QUANDO FOI ME LEVAR um milk-shake disfarçado de Nescau, que teria que ir para a China dias antes do que esperava. A China, sabe, que é logo ali. Fiquei tristinha, embora não tenha deixado transparecer.

A tristezinha atenuou quando Levy, pouco depois que eu me arrumei para a escola, me chamou para passar a tarde com ele, mais precisamente para fazer uma trilha no Jardim Botânico e conhecer a cachoeira dos Primatas. Achei muito legal ele querer ir para a natureza comigo e topei na hora.

LEVY
Olha só! Apareceu! Depois de 874 mensagens ignoradas recebo um sinal de vida! Yes!!!

VALEN
Desculpa. 😌 Eu tava num momentinho estranho.

LEVY
Eu sei. Fiquei sabendo pelos outros, mas fiquei. Tá tudo bem agora?

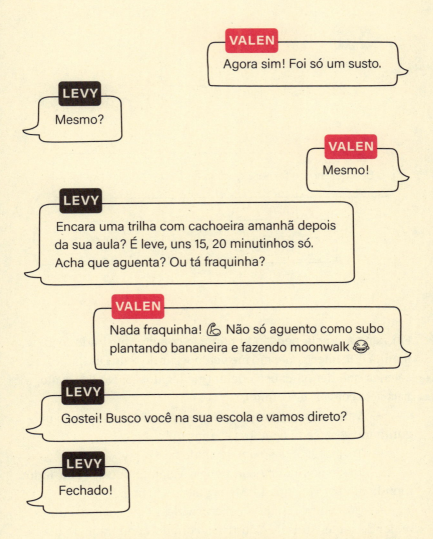

Eu respondi só isso mas por dentro eu estava berrando: NÃO ACREDITO QUE UM CARA TÃO LINDIM VAI ME BUSCAR DE CARRO NA ESCOLA! QUE COISA MAIS ADULTA, MAIS FACULDADE! UHUUUUUU! QUE BOM QUE ELE NÃO SUMIU DA MINHA VIDA, MESMO EU TENDO SUMIDO DA DELE! QUE FELIZ EU TÔ!!!!!

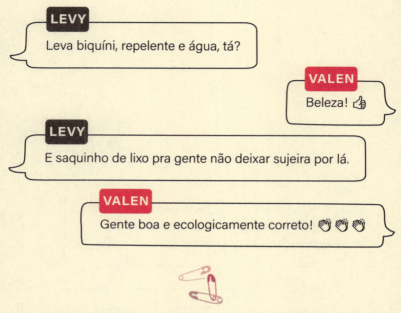

Fui para a escola pensando naquele convite inusitado logo de manhã. Ele queria mesmo me ver, apesar de todas as ignoradas solenes que dei na cabeça dele. Que legal isso! No intervalo, a Laís veio conversar comigo.

— Valen, sei que você não aguenta mais todo mundo perguntando se você tá bem, mas... mas tá?

— Tô, amiga. Foi só um desmaio bobo.

— Desmaios nunca são bobos, Valen. Nunca. Ficou todo mundo muito preocupado. Meus pais, inclusive.

— Que lindos, manda beijo pra eles. Mas é sério, eu desmaiei de fome, só isso. Não tinha comido nada naquele dia, a pressão baixou, fim.

Laís ficou meio chocada com minha reação. Ah, tava chato tanta preocupação o tempo inteiro! Chega! Tô viva, oba! Próxima página!

— Desculpa eu ter contado pra Stella e pro Levy. Não foi fofoca, é que...

— Imagina, Laís! Tá tudo certo. Não encarei como fofoca em nenhum momento. Pelo contrário, agradeço a você por ter falado pra eles.

Ela deu um sorriso triste e me abraçou apertado. Tão carinhosa que me fez odiar a raivinha que cheguei a sentir pelo excesso de preocupação.

— Só pra você saber, Valen... Minha mãe ligou pra sua e...

Engoli em seco enquanto meu coração começou a bater mil vezes por segundo. Laís prosseguiu:

— Ela contou que você teve que fazer uma endoscopia, que seu esôfago não tá muito legal...

Meu Deus! A minha mãe não dava uma dentro, impressionante! O que ela ganhava contando isso para uma pessoa com a qual ela não tinha a MENOR intimidade? Não tem amiga, não tem com quem dividir a vida, divide com uma quase completa estranha, que ela conhece de oi e tchau. Que ódiooooo!

Fiquei tão irritada, me senti tão invadida... Um estupro moral. Que droga! Pra que ela tinha que abrir aquela boca gigante pra dar detalhes sobre uma coisa que era minha, só minha? Como ela simplesmente não me respeita? Me expõe dessa maneira para uma pessoa com a qual ela tem pouquíssima intimidade. Pra não dizer nenhuma. Isso não se faz! Isso. Não. Se. Faz. Fim!

Na hora fiquei sem ação, sem saber como reagir, e na dúvida se pedia para a Laís não contar para ninguém ou se agia com naturalidade, para não parecer que eu estava escondendo alguma coisa e levantar suspeitas.

Respirei fundo. Tudo bem. A Laís sabia que meu esôfago estava debilitado, mas não sabia o quanto e nem como ele se debilitou.

— Minha mãe e aquela língua comprida dela. Tá tudo bem, ela é exagerada, viu? Mãe, você sabe, né?

Como diz minha sábia avó, "cocôs cagados não voltam à bunda". Fina, né? Mas é verdade. Eu não podia fazer absolutamente nada em relação à imprudência da minha mãe de contar uma coisa tão íntima para a mãe de uma amiga minha.

— Ela falou mais alguma coisa? — eu quis saber.

— Não. Minha mãe disse que ouviu a voz do seu pai e que logo depois sua mãe desligou.

Engoli em seco de novo. Menos mau. Ninguém sabia que eu era uma doida com transtornos alimentares graves.

Quando acabou a aula, a Tetê se aproximou de mim com um pote rosa.

— Fiz um brigadeiro fit pra você. Leite condensado light e cacau em pó em vez de chocolate. Mas juro que tá bom.

Agradeci com um sorriso bem feliz. De todas as preocupações, aquela ali era a mais legal, de longe. Por quê? Porque eu não fui uma pessoa legal com a Tetê no passado e ela estava sendo a mais legal do mundo naquele momento. Dois anos antes, eu jamais acharia que aquela cena pudesse acontecer. Mas estava acontecendo, era real. Gosto quando as pessoas deixam o passado para trás e vivem o presente. Assim que deve ser, né?

— Eu sou legal, não sou, Tetê?

— Claro que é, Valen. Por isso eu fiz este brigadeiro pra você. Porque doce traz felicidade. Para o estômago e...

— Pra alma — completei.

— Eu ia dizer coração, mas tá lindo assim.

Rimos juntas, e ganhei o enésimo abraço do dia.

E então o Levy chegou para me pegar. Senti meu coração acelerar de um jeito muito gostoso. Mais que acelerar, meu coração ficou em paz quando o vi. Que maravilhosa sensação a da invasão da paz no coração. Nossa, rimou tudo e ficou cafonão, mas fazer o quê? Eu me sentia íntima do Levy, mesmo o conhecendo pouco.

Poxa, eu vivi poucos mas intensos momentos com meu *lindim do cabelinho lisim*. Taí. Com ele eu queria me abrir, contar o que tinha acontecido e dar um abraço apertado depois de dizer tudo.

Entrei no carro e ele estava de braços abertos pra mim. Que visão do paraíso, meu Deus! Meu *bonitim* ainda por cima me surpreendeu com um presente.

— Comprei pra você — avisou enquanto me dava o embrulho que eu logo rasguei para ver o que era.

O povo tinha mesmo resolvido me dar livros aquele dia?

— *Os 7 hábitos dos adolescentes altamente eficazes*? Que livro é esse?

— É um livro bem importante pra mim, li uns quatro anos atrás e me ajudou muito quando eu tava no ensino médio. Me ensinou a lidar com a minha insegurança, a não ligar para a opinião dos outros, sabe? A ver com menos peso as pressões da vida. Como o que eu mais quero é seu bem, achei que seria um bom presentinho de pós-desmaio na escola.

Que coisa mais lindaaaa! Eu queria esmagar aquele delício bonito, educado e gentil. Eu juro que me senti virando um emoji com olhinhos de coração, fato.

— Só de você ter pensado em me presentear já é a coisa mais linda do mundo, Levy.

E dei nele um abraço e um beijo. Um beijo na porta da escola, dentro do carro dele. Eu estava me achando muito adulta, muito madura, muito faculdade!

Fomos rumo ao Jardim Botânico e lá subimos a Lopes Quintas até o fim. Viramos à esquerda e seguimos por uma rua chamada Sara Vilela, supercharmosa, cheia de casas lindas e ainda com o Cristo Redentor abençoando nós dois. Paramos bem na entrada da trilha e começamos a subir.

O caminho até a primeira cachoeira durou uns quinze minutos, inclinadinho, mas nada difícil, cheiro de verde delicioso, barulhinho de rio e de água caindo direto. Uma paz grande invadiu meu peito e nem me senti cansada. Tomamos um banho e continuamos subindo naquele clima de paraíso. Parecia que o tempo tinha parado para a gente se aventurar naquela mata linda, com direito a bicho-preguiça nas árvores e miquinhos pra lá e pra cá. Levy ficou meio ofegante, mas eu não.

— Quem é fraquinha pós-desmaio aqui? Quem é? — impliquei.

— Pode rir. Eu mereço — retrucou, esbaforido.

Mesmo suado, ele era muito bonitinho. Uma coisa meio Mogli, meio Tarzan. Ele Adão e eu Eva. Não, menos, Valentina. O fato é que aquele cara me tirava do sério e me fazia feliz. Estar perto dele era sempre bom. Leve. Como era leve! Enquanto subíamos, pensei em vários momentos que eu tinha que contar tudo pra ele. E logo depois eu pensava: *Não vou falar é nada! Estragar um dia especial desses pra quê?* Ah! Também não podia falar e criar um climão do nada, à toa. Pra que contar? A Elaine mesmo falou que eu não preciso contar para ninguém, que ninguém precisa saber da minha vida.

Paramos para mais um banho de água doce e o assunto por fim veio à tona.

— Imagino que se você não tocou no assunto até agora é porque não quer falar sobre ele, mas só queria que você soubesse que tô feliz de você estar bem.

— Eu estava bem.

— Não tá mais? O que tá sentindo? Quer voltar? Quer que eu lig...

— Ei! Calma. Só ia dizer que estava bem, mas agora tô muito melhor — falei.

Ele abriu o sorriso mais encantador que eu já tinha visto.

— Caramba! Me assustou, poxa!

Baixei os olhos e pedi desculpas. Não era a minha intenção assustar meu *cabelim escorridim*.

— Eu fiquei preocupado com você, Valen. Com sua saúde e com seu desprezo pelas minhas mensagens.

Ele tinha mesmo ficado chateado com isso, e com razão. Eu também ficaria. Não existe nada pior que ficar no vácuo.

— Desculpa. Eu tava meio zonza com tudo. Hospital, injeção, exame que mete um cano goela adentro, meu pai chegando de viagem justamente no dia... Enfim... Dá um desconto, vai?

— Claro que dou. Já dei. Mas você... Você tá b-bem, né?

— Tá tudo bem comigo sim, Levy.

Baixei novamente a cabeça. Enquanto eu me secava, um macaco aparvalhado passou perto de mim e me assustou. No susto, falei de uma vez, "vomitando" as palavras:

— A verdade é que eu desmaiei porque sou bulímica e tô ficando anoréxica e meu esôfago deu ruim por causa disso e comer tá doendo pra caramba mas que bom que não morri disso porque se morre disso e eu agora vou me cuidar direito pra sempre!

Ufa!

Pronto.

Falei!

Falei!!!

Agora fala coisas fofas pra mim! Fala coisas fofas pra mim!, implorei em pensamento.

Levy me deixou sem saber o que ele estava pensando. Certamente estava me achando maluca. "Precisava estragar nossa tarde com tanta notícia ruim?", era o que sua fisionomia parecia querer dizer pra mim.

— Não vai falar nada? — perguntei, quicando de ansiedade.

— E-eu... eu... Eu não sei o que fal... B-Bulímica? Você é bulímica e anoréxica, Valen?

— Sou. Não contente com um, eu tenho dois transtornos alimentares, olha que legal — falei, meio com raiva.

De mim, que fique claro.

Mais um silêncio. Só a água da cachoeira, que em vez de lavar minha alma estava afogando o que eu vinha construindo com um cara lindo e tão gente boa, que continuava com uma fisionomia indecifrável. Que angústia! Droga!

Levy passou um tempo olhando para as pedras, para o céu, para qualquer lugar que não fosse a minha cara.

Droga! Eu faço tudo errado! Cortei a única coisa bonita que estava acontecendo na minha vida naquele momento. A melhor pessoa desde o Erick. A pessoa que me fez ver que o Erick agora era passado. Por que eu faço isso? Por quê?

Enquanto eu pensava, fui surpreendida por um beijo. Sim, um beijo! Longo, terno, amigo. É, amigo. Um beijo tão bom. Tão tão tão tão tão bom. Eu poderia morar naquele beijo por mil anos.

E depois do beijo teve abraço longo. Também moraria fácil naquele abraço apertado que tinha o poder de me acalmar derretidamente, instantaneamente. Era impossível desgrudar dele. A sensação que eu tenho é de que ficamos abraçados horas a fio. Era tão bom sentir o coração dele, a respiração dele, a vontade dele de me mostrar "ei, eu tô aqui contigo, nada de ruim vai acontecer". E, quando eu menos esperava, ele segurou meu rosto com as duas mãos e mandou, na lata:

— Quer namorar comigo?

O quê? *Whaaaaat?*

Eu queria dizer tantas coisas pra ele. Tipo: "Peraí! Você OUVIU o que eu acabei de falar? Você ENTENDEU o que eu acabei de contar? Que eu sou uma bulímica toda cagada? Ou será que você é louco?"

— Oi? — falei apenas.

— Oi, tudo bem? — brincou ele.

Tem coisa mais bonita que um pedido de namoro?! Tem coisa mais bonita que um pedido de namoro depois de um desabafo em que botei minha alma inteira pra fora? Aquele cara sabia como eu era e me queria do jeito que eu era! Não por me achar bonita ou popular... Por me ver do jeito que eu realmente sou... E como era bom me ver refletida nos olhos dele...

— Você jura que quer namorar comigo mesmo sabendo que eu sou a menina mais complicada do Rio de Janeiro?

Faltou pouco para eu enlouquecer com um breve silêncio dele depois da minha pergunta.

— Eu topo encarar — respondeu ele, risonhinho, suave como só ele sabe ser.

— Eu já tô te namorando — respondi, bem fofa.

Mil corações bordados com #VaVy flutuando no ar para essa cena, por favor. Que sensação gostosa a de ser querida, acarinhada! E desejada também! Por um cara com quem eu amava estar junto! Estava muito legal viver aquela história.

Nossa tarde foi perfeita. Beijos de arrepiar os pelinhos do corpo todo, abraços docemente apertados e (oba!) intermináveis. Eu estava bem caidinha por aquele cara chamado carisma, que a cada minuto ficava mais lindo.

Capítulo 18

— OLHA SÓ, VOCÊ É O LEVY CABELIM DE LISIM, ESCORRIDIM NÃO é? — perguntou dona Elvira, brincando.

— Vó! — bronqueei.

Como assim ela se lembrava disso? Que vergonha!

— O próprio! Muito prazer, dona Elvira. Mas eu já estou indo... — respondeu ele, com zero constrangimento.

— Como? Você não vai entrar?

— Não, vim só deixar a Valentina mesmo, porque prometi para o meu pai que levava ele até o aeroporto. Mas, olha, eu até posso voltar mais tarde... se a Valen quiser, claro...

— Óbvio! Você volta meeeesmooo? — pedi.

— Claro! Venha sim, janta com a gente!

— Combinado. Eu volto mais tarde então.

Minha avó saiu muito discretamente, me deixando a sós com Levy e me dando uma piscadinha marota. Então me despedi do meu namorado (nossa, que esquisito falar e pensar assim no começo, quando a gente começa a namorar, né?), e ele me deu um longo e delicioso beijo.

Entrei em casa e estranhei que não tinha mais ninguém.

— Onde estão a mamãe e o papai, vó? Será que eles jantam com a gente e com o Levy?

— Ahhh, acho que não. Saíram um pouco antes de você chegar. Foram ao cinema e depois iam jantar fora.

— Hum... tudo bem.

É, eu ia ter que esperar pra enquadrar minha mãe com mais uma DR, explicando para ela o significado das palavras *privacidade* e *fofoca*. Porque era isso que ela era, uma fofoqueira asquerosa.

De repente, o interfone tocou.

— Ué, será que o Levy esqueceu alguma coisa e voltou? Ou desistiu de levar o pai no aeroporto? — comentei alto.

Maria veio até a sala e avisou:

— É a Stella! Mandei entrar, tá, Valentina?

— Claro! Oba! Ela disse que ia tentar vir ontem, que bom que conseguiu vir hoje! Saudades dela!

Aaaaah! Que dia feliz! Cercada de amor e agora com direito a visita da melhor amiga. Como eu queria abraçar a Stella!

Porém ela entrou na minha casa pisando duro, parecendo brava e triste, e já foi logo falando reto e direto:

— Você jura que MENTIU PRA MIM, Valentina?!

— Oi, Stella, t-tudo bem?

— Não. Não tá tudo bem. Você disse que o machucado no dedo não era nada, que estava tudo sob controle. Você ME EN-GANOU, Valentina! E eu te AVISEI sobre isso! Eu te PEDI!

— Espera, eu também não sabia... eu vou expli...

— Eu falei que isso mata e você desdenhou! Por que você mentiu pra mim, Valentina? Eu odeio mentira, cara! Odeio! Eu te avisei, eu não sei lidar com enganação! — desabafou, com a voz trêmula.

— Calma, Stella...

— Calma, não! Eu tô me sentindo traída, enganada, idiota! E essa é a pior sensação do mundo.

Stella estava ofegante, gesticulante, engolindo as palavras que se jogavam vorazmente da sua boca.

— Caramba, a Laís tá me saindo uma grande fofoqueira também, viu? Não segura a língua na bo...

— Nada disso! Eu tive que espremer a Laís pra ela me dizer o que tinha acontecido. Ela não ia falar nada, mas eu percebi que tinha coisa...

— Não ia falar nada até falar, né? — ironizei.

— Falou contra a vontade, mas preocupada com você. Eu contei dos machucados nos seus dedos, e ela ficou pensativa. Ela também só quer seu bem, Valentina...

Baixei os olhos, envergonhada, triste. Comigo, com a cena, com o mundo.

— Depois que ela contou, foi só ligar os pontos: desmaio, dedos machucados, esofagite. DÃ!!! — disse, como se fosse óbvio. — Sou filha de enfermeira, meu amor! Eu conheço essas coisas — concluiu em um tom debochado bem irritante.

Stella parecia fora de si, *fora da casinha*, como diria minha avó. Minhas mãos suavam, meu coração parecia querer sair do peito em busca do ar que entrava pouco e devagar dentro de mim. E eu fiquei sem chão e péssima ao ver o que veio em seguida: um olhar bem estranho, meio maligno até, meio sarcástico, maldoso.

— Vai mentir pro Levy também ou vai contar a verdade pra ele?

Só piorava. Respirei fundo.

— Eu... eu *já* contei a verdade pra ele, Stella.

— Você o QUÊ?

— Eu já...

— EU ESCUTEI! EU TÔ SÓ CHOCADA! — gritou, com mil decibéis.

Ela estava mesmo totalmente fora da casinha. Se eu não a conhecesse, sentiria até um certo medo. Aquela ali não era minha amiga.

— AAAAAH!! Pra ele, com quem você tem *muito menos intimidade*, você resolveu contar, né? Que bacana, Valentina. Que bacana. Tô me sentindo MUITO IMPORTANTE na sua vida agora!

— Meu Deus! — exclamei, assustada. — O que é que tem eu contar antes pro Levy?

— Só porque foi pra cama com ele acha que tem que contar tudo da sua vida pra ele?

— Stella, para, você tá passando dos limites! Sua reação não tá proporcional com seu problema.

— Não pensa que só você que tem problema, não, Valentina! Stella então pausou. Botou as mãos no joelho, curvando a coluna para respirar. Puxou o ar lááá para dentro antes de seguir.

— Meu problema familiar é grave? É, pra cacete! Mas eu saio por aí metendo a mão na garganta pra vomitar e escondo isso da minha melhor amiga? Não!

— Caraca, Stella...

— Eu também não ferro meu esôfago e corro risco de vida por escolha própria, e nem tenho a dignidade de contar pra minha amiga, APESAR de ela ter percebido antes e só querer ajudar. Eu tô me sentindo uma IDIOTA, Valentina. Uma TONTA! Uma NADA na sua vida! — disse Stella, aumentando consideravelmente o tom de voz.

— Poxa, Stella, não foi isso, foi que...

— Quando a gente tá decepcionada, a gente perde a razão e faz coisas que não devia fazer, fala coisas que não devia falar... Você pode até me achar supererrada, Valentina. Achar que eu tô exagerando, achar que...

— Você *está* exagerando SIM, Stella.

Respirei fundo antes de falar. Stella estava claramente magoada, muito magoada, mágoas antigas... Eu precisava saber lidar com isso. Mas também precisava lidar com a minha surpresa ao ver a menina mais doce que eu conheço virar um monstro. Talvez monstro seja uma palavra forte demais. Stella parecia mesmo uma caravela desgovernada. Nunca esperei uma reação dessas da menina que vivia sorrindo, que tinha se tornado uma grande amiga, que eu achava que conhecia bem. Como eu li em algum post, o povo monge não sei se do Tibete ou da China, enfim... os monges dizem que você só conhece totalmente uma pessoa quando consegue comer com ela um quilo de sal. Ou seja, nunca, nunca se conhece totalmente uma pessoa. Sábios monges.

— Não fala assim comigo. Eu achei MESMO que estava tudo sob controle! Eu juro! Eu nem cogitei ser bulímica!

— MENTIRA! — gritou ela. — Você sabia que era e não quis me contar quando eu te ofereci ajuda. Não confiou em mim, não acreditou que eu pudesse te ajudar. Me tratou como um nada. Um nada!

— Ei, o que deu em você?

— Deu que tô de saco cheio de ninguém me dar valor! De saco cheio. Ninguém dá a mínima pra mim! Nem você, nem minha mãe, nem meu irmão, que disse que gosta mais do meu irmão mais velho do que de mim, só porque eles jogam video game juntos. E porque ele não é "burro como eu".

Ela estava bem irritada me contando tudo isso, mas... eu ri. Ah, ri! Ri meio que da história, mas meio que de nervoso. Aquela situação toda estava muitos degraus acima de embaraçosa, de constrangedora. Nem sei se existem adjetivos precisos que consigam definir a situação mais inusitada da minha vida.

— Tá rindo de quê? Agora você vai debochar de mim? É maravilhoso seu irmão pequeno, que te faz ter uma vida difícil pra cacete, bem diferente da que eu sonhava pra mim com 19 anos, te chamar de burra? É maravilhoso ele achar sua companhia entediante?

— Ele é uma criança, Stella.

— Exato! Criança de quem *eu* cuido pra minha mãe poder trabalhar! E ele *não foi escolha minha!* — berrou. — Eu que cuido da casa, eu que me mato de trabalhar e estudar! Mas

212

nada adianta, eu não sou nada pra eles, eu não sou nada pra você. Eu tô é cansada dessa vida, isso sim!

— Stella, para! Que absurdo. Desculpa, eu errei, mas tá muito claro que você não tá no seu normal! Me dá um abraço! — pedi, andando na direção dela.

— Não quero — reagiu, esquivando-se de mim.

— Senta aqui, então — insisti, chamando Stella para o sofá.

— Não! Não, mesmo! Você quer se machucar e se matar aos poucos, tem a chance de falar pra mim e...

— Meu Deus, Stella, que surto é esse? Tive a chance, mas não falei! Que parte você não entendeu? Eu não falava do meu problema nem pra mim, cara! Nem pra mim!

Ela parecia em choque. Mas era a mais pura verdade! Será que não era evidente isso? Como é que a Stella, tão inteligente e sensível, não via o quão difícil era pra mim? E então ela perdeu uma enorme chance de ficar calada.

— Ah, coitadinha. A pobre menina rica. *White people problem.*

Foi a minha vez de prender o choro. Engoli em seco.

— Chega, Stella, agora você me magoou. Vai embora, por favor.

— Tá, eu passei dos limites. Mas, cara, eu só queria me sentir útil pra alguém nessa vida. — Stella estava aos prantos enquanto verbalizava a frase de impacto.

— Você é tão útil na vida de tanta gen...

— Para, Valentina. Na boa, para. Não faz a positivinha que eu não tô com paciência.

Aquela conversa não podia continuar. Com raiva a gente não discute. É melhor deixar passar e depois voltar com a cabeça calma.

Nessa hora, a Stella deu uma bufada misturada com suspiro que achei engraçada e me fez rir.

— Tá rindo de quê?

— Eita, Stella! De "não faz a positivinha"! Quer controlar meu riso agora?

Ela deu um sorrisinho. Todo mundo precisa de colo de vez em quando. Até a Stella.

— Quer dormir aqui? — ofereci, agora que ela parecia mais calma.

— Não, brigada. Vou nessa.

— Pra onde?

— Fazer entrevista numa loja. Pra ter uma vida pelo menos parecida com a de uma menina da minha idade que estuda e trabalha. Tchau.

Talvez ela não estivesse tão mais calma. Virou as costas e saiu como um foguete lá de casa. Corri escada abaixo atrás dela.

— Stella, olha só, eu não queria que você ficasse chateada comigo, só queria que você entendesse que...

— Tô nem aí pra você, Valentina!

— Oi?

Ela continuou descendo. Já do lado de fora de casa, seguia decidida rumo ao portão enquanto reclamava:

— Quer se machucar escondida achando que tá arrasando? Vai nessa. Não me importo.

— De novo isso? Você não ouviu nada do que eu disse?

— Ah, cansei de mimimi de garotinha mimada!

E eu achando dois segundos atrás que ela estava mais calma!

— Para de me espetar pra machucar! Você não tá vendo que eu JÁ TÔ MACHUCADA?

— Não parece, tá descendo rapidinho atrás de mim — disse Stella, irônica, venenosa.

Meu sangue subiu. Ela não tinha o direito.

— Quer saber? O corpo é *meu*, Stella. Faço com ele a bosta que eu quiser! E eu não sou obrigada a contar nada pra ninguém! Já me sinto mal por mil coisas, não vou me sentir por mais isso. Não vou mesmo entrar numa de que sou obrigada a contar tudo de mim pra você ou pra qualquer pessoa.

Ela parou na escada estreita e longa que leva ao portão que dá na rua.

— Olha aí! É por isso você não tem amigos de verdade. Por isso! E quer saber? Eu acho você uma ingrata! Nem de me avisar que estava no hospital você se lembrou.

— Foi só pra fazer exames, acabei tendo que dormir lá! E tive mil coisas pra fazer, mal peguei no celular.

— Todo mundo sabia, menos eu.

Droga, ela parecia ter entrado de novo naquele transe maluco de uns minutos atrás.

— Só as pessoas do colégio que estavam comigo na hora sabiam! E eu adoraria que elas não soubessem!

— Você não me considera nada, Valentina. Fui muito burra de achar que teria uma grande amiga tão diferente de mim.

— Stella, vem cá. — Ela abriu o portão e voou ladeira abaixo. — Você está sendo injusta! — gritei.

Como a própria Stella diria depois dessa pizza de climão: "Cada um sabe a dor e a delícia de ser o que é."

Fiquei com um misto de sentimentos em relação a ela. Indignação, tristeza, irritação, ponto de interrogação.

Corri pro meu quarto e mandei mensagem pro Levy.

Uma hora e meia depois, o Levy já estava de volta na minha casa e eu pude desabafar em seu ombro sobre a briga com minha amiga.

— Eu acho que ela ficou magoada com o irmãozinho — falou Levy, tentando justificar o injustificável.

— Ele é uma criança, criança fala mil bobagens! E nada justifica ela vir aqui e sair despejando um bando de palavras ruins em cima de mim só porque ela soube por outra pessoa que eu tive um problema de saúde. Tô superfrágil ainda, física e emocionalmente. Poxa...

— Eu sei, Valen. Eu sei...

— E você, Levy?

— Eu o quê? — Eu precisava perguntar. Precisava saber. — Como você tá com essa história toda?

Respirei fundo e senti o Levy fazer o mesmo do outro lado.

— Tô bem, na medida do possível. Não é todo dia que uma menina que eu adoro diz pra mim que tem transtornos alimentares graves.

— Você... você me adora?

Foi só o que eu consegui ouvir.

— Você tem alguma dúvida?

Ele riu. E como era lindo rindo.

— Fiquei preocupado, Valen...

— Ah... Brigada. Não precisa.

— Eu sei que não precisa. Mas quando a gente gosta, a gente cuida, a gente se preocupa. Só não estou mais preocupado porque sei que agora você está sendo tratada.

— Tô. E não vou mais fugir da terapia, como eu fugia.

— Boa, garota!

— Eu tô sentindo que nunca mais vou ter recaída. Ainda mais agora, que tenho o melhor namorado do mundo pra ajudar a cuidar de mim. Você lembra que me pediu em namoro hoje, né?

— Eu? Não! Eu pedi? Gente, será que tô com amnésia? — Ele riu de novo. Lindo de novo. — Você é a minha namorada e não se fala mais nisso!

Senti meus dentes quererem sair da cara, faltava espaço pra eles no meu sorriso gigante. Senti que meu olho fez *plim-plim* também.

Que delicioso ouvir essa palavra, com essa ênfase romântica... Na-mo-ra-da. Aaaaaaaah!

— Fala, namorado — entrei na brincadeira.

— Só quero que você saiba que eu estou do seu lado na alegria e na tristeza, na saúde e na doença. Tá?

— Quando não tem espaço pra você ser mais fofo, você arruma um jeito e consegue ser ainda MAIS!

E a fofura aumentou quando ele perguntou:

— Quer passear comigo?

— Com você? Sempre — respondi, fofinha como agora até eu sabia ser.

O passeio era uma ida ao cinema. Chegamos atrasados à última sessão do cinema no Shopping da Gávea, beijamos muito e comemos pipoca e M&M's. E eu senti ZERO VONTADE de vomitar depois. Zero vontade. Não é legal? Eu estava decidida a nunca mais desmaiar, nunca mais deixar ninguém preocupado comigo, nunca mais prejudicar minha saúde.

Saímos da sessão e só então vimos que o nosso grupo do teatro no WhatsApp estava cheio de mensagens.

— O que será que esse povo tanto tá falando? — perguntei, enquanto abria o aplicativo.

— Deve ser o nome da protagonista. Quem será que o Caíque chamou pra substituir a Samantha? — respondeu Levy, enquanto lia as mensagens. — Eita! É a Stella.

— A Stella vai fazer a protagonista? Ah, que legal, eu sabia!

— Valen.

— Ela merece tanto! Apesar da nossa briga, eu acho que ela é a melhor pra fazer o pap...

— A STELLA SOFREU UM ACIDENTE!

— O QUÊ?! — gritei, descontrolada. — QUANDO? COMO? QUE ACIDENTE?

— Ela foi atropelada. Um bêbado perdeu o controle. Ela bateu forte a cabeça no meio-fio, teve várias fraturas e...

— Ai, meu Deus! Não, não, isso não pode estar acontecendo! No dia em que eu e ela discutimos! — Eu desabei no choro. — Como ela tá, Levy? É grave?

Ele respirou fundo antes de responder, arrasado:

— É... Acho que é. Ela teve um traumatismo craniano. É bem grave mesmo.

Capítulo 19

CHEGAMOS AO HOSPITAL E GERAL JÁ ESTAVA LÁ: CAÍQUE, SAMANTHA, Laís, Geleia, Doctor, Rebecca, toda a turma do teatro. E todos em estado de choque, como que hipnotizados. Lá, em meio àquele medonho cinza-hospital, não demorei para receber a notícia que caiu como uma pedra em cima de mim e deixou minhas pernas bambas, literalmente bambas. Stella estava em coma.

A minha amiga Stella estava inconsciente em uma cama de UTI. Isso queria dizer que a minha melhor amiga estava lá, mas não estava lá. Foi a maior tristeza que eu já senti. Queria fazer mil perguntas, mas entendi que para todas elas só havia uma resposta:

— A Stella precisa ficar quarenta e oito horas em observação. Só depois disso vamos poder falar com mais conhecimento de causa, digamos assim, sobre o estado dela — explicou o médico.

Nós estávamos desesperados, claro, mas a mãe da Stella, meu Deus, a carinha dela era de cortar o coração.

— Então pra saber o que vai acontecer com ela só daqui a dois dias? — perguntei o óbvio.

— Exatamente. Antes disso qualquer diagnóstico que eu der será leviano da minha parte.

Entendi. Entendi tudo, mas... O nó que apertava minha garganta precisava saber de uma coisa, uma coisa só, uma coisa só tão, tão, mas tão importante...

— Ela corre risco de... de... — Eu não conseguia terminar a frase.

— De morrer? Corre, Valen. E também de acordar com sequelas, o médico explicou agora há pouco pra gente, você ainda não tinha chegado — respondeu Caíque, consternado. — Agora é rezar, torcer pro inchaço diminuir, pros remédios todos fazerem efeito e... pra essas quarenta e oito horas passarem voando.

O nosso professor/diretor não aguentou a emoção e foi chorar longe da gente.

— Meu Deus — fez Levy, enxugando as lágrimas. — Que loucura. Que frágil a vida é... Que frágil a gente é...

— Como foi? — eu quis saber.

— Um bêbado dirigindo subiu com o carro na calçada, acredita? — contou Laís, que tinha vindo me abraçar.

— Às seis e meia da tarde! — complementou Samantha.

— Não acredito! Logo depois que ela saiu lá de casa! — constatei, com a sensação de uma espada entrando no meu peito bem devagarinho. — Eu podia ter ajudado...

— Como é que você ia saber? — argumentou Levy.

— Não sei. Eu queria que ela ficasse lá em casa comigo.

— Mas ela não ficou, Valen, e tudo bem... Calma — pediu Levy.

— Sorte que o carona estava menos bêbado e chamou o SAMU — complementou Samantha.

— Nossa, graças a Deus! E graças a Deus eles chegaram super-rápido — agradeceu Laís.

Chamei o Levy em um canto.

— Levy, ela foi atropelada por minha causa!

— Para com essa paranoia, Valentina!

— Foi sim! A gente brigou e logo depois ela foi atropelada, você tá entendendo? *Eu* deixei a Stella desnorteada, foi por MINHA CAUSA que ela não viu o carro! É minha culpa total!

Eu me desesperei. Comecei a andar de um lado para outro, com a cabeça a mil por hora.

— Valentina, para!

— Desculpa, Levy, mas eu SEI que é isso. Ai, eu não vou me perdoar nunca se o pior acontecer...

— Calma, Valen, por favor! Não começa a pirar!

— Eu já tô pirando!

Meu coração sangrava enquanto a minha cabeça estava atordoada como nunca havia estado. A mãe da Stella só chorava. Era tanta informação que eu fiquei zonza.

— Eu não posso ficar sem a minha menina... — lamentava dona Adma, enquanto mexia sem parar em um terço.

— A senhora não vai ficar, dona Adma, tudo vai dar certo... — eu falava para ela, e para mim, para me convencer daquilo.

Eu não estava no meu estado normal. Parecia que eu tremia por dentro. Minha amiga tinha sido vítima de um bêbado que podia ter machucado muito mais gente. *Quem enche a cara às seis e meia da tarde, em dia de semana?*, eu me perguntava, roxa de raiva do cidadão, que tinha sofrido só uns arranhões, mas me corroendo de culpa por ter desencadeado um acidente e o sofrimento de uma família que podiam ter sido evitados!

— Ela estava tão triste... — falou dona Adma.

— Antes? Porque o Tomás disse que gosta mais do Marcos que dela? — tentei entender.

— Por isso, porque não passou na última audição da peça que ela estava quase pegando pra fazer, porque eu sou péssima mãe e estraguei a vida dela com meu caçula...

— Ah, dona Adma, nem sei o que dizer...

Era verdade. Eu estava perdida, confusa. Queria desaparecer daquela situação, queria voltar no tempo para tentar consertar tudo e evitar que aquilo acontecesse.

De repente, o médico surgiu e disse que não havia o que fazer e que fôssemos todos para casa. Mas dona Adma disse que ia ficar.

Como é que eu lido com essa situação? Como é que a gente não implode de culpa? O que eu devia fazer? A única coisa que me restava era rezar e torcer para que minha amiga melhorasse.

Levy me levou para casa e fomos quase que em total silêncio durante o caminho. E aquela foi uma das piores noites da minha existência.

O sábado mais tenso da nossa vida começou nublado, mas com o sol saindo de vez em quando, o que minha avó chama de tempo lusco-fusco. Em um sábado comum, Stella certamente me chamaria para ir à praia depois que ela saísse da academia, mas eu diria que não, que preferia piscina, vem pra cá e blá-blá-blá.

Naquele, eu estava indo ao hospital onde ela lutava bravamente pela vida. Assim que cheguei ao andar da UTI, vi meus amigos com ar triste. Levy já estava lá, em uma roda com os outros.

— E aí, como ela tá? — perguntei esbaforida.

— Não tá bem, não — disse Laís, abraçada ao Orelha com uma cara de enterro que parecia que a Stella tinha morrido.

— Ela teve hemorragia interna nessa madrugada. Tá precisando de sangue. Tá todo mundo buscando doadores — completou Orelha.

Eu desmontei e gelei por dentro. Stella tinha piorado. Como assim? O tempo era nosso inimigo e sabíamos que, quanto mais gente mobilizássemos, mais rápido Stella teria chance de melhorar.

— Eu não vou aguentar perder minha menina. Eu não aguento! — lamentou dona Adma, com a voz falha, um choro sem força, a dor pousada em cada poro do seu rosto.

— Não fala assim, dona Adma — pediu Levy — Ela não vai embora! Ela vai se recuperar e já, já, ela tá com a gente de novo!

Passamos horas do lado de fora da UTI sem uma informação. Era agoniante. Por sorte, Stella era queridíssima aonde quer que fosse, então durante o dia todo choveu gente doando sangue para ela, em uma bonita corrente de solidariedade, amizade e amor. Stella estava recebendo um merecido e tocante banho de amor.

Quando eram quatro da tarde, todo mundo roxo de fome, mas sem querer arredar o pé dali, o médico nos convenceu a ir comer alguma coisa.

— Não vou ter informação nova por um tempo, começou a transfusão só agora. Vão se alimentar e depois vocês voltam, para dar ainda mais força para a amiga de vocês.

Famintos, obedecemos. Fomos ao Baixo, que é bem perto do Miguel Couto, engolir alguma coisa. Foi o almoço mais silencioso da minha vida. Quase ninguém falou nada.

De repente, me toquei que Samantha estava lá, mas o Erick não tinha aparecido em nenhum momento para dar uma força para a namorada. Resolvi perguntar:

— E o Erick, Samantha? Estou estranhando que ele não aparec...

— A gente terminou, Valentina — cortou Samantha.

Ah, não. Mais uma avalanche sobre nossas cabeças?

— Mas vocês não estavam de boa?

— Estávamos, não estamos mais — respondeu ela, seca e até um pouco ríspida.

— Ah, Samantha, para! É só mais um término de vocês, né?

— Não. Dessa vez não. Pensei bem e a melhor coisa agora é se separar pra não sofrer quando eu for pra Portugal.

— Como se você conseguisse controlar o seu nível de sofrimento, Samantha. Pensa bem, não toma nenhuma atitude precipitada, não agora...

Olha eu falando de controle. É o que dizem, falar é fácil, fazer é que é difícil. Ela respirou fundo, olhou no meu olho e disse em seguida:

— Não precisa fazer esse discurso, não, Valentina. Tá tudo certo, o Erick tá livre pra você.

— Como é que é, Samantha? — indaguei, chocada.

— Como é que é, Samantha? — repetiu Levy. — Quem é que tá livre pra minha namorada? Você não disse para ela que a gente tá namorando, Valentina?

O *cabelim escorridim* parecia chateado, e com razão. Que frase era aquela? A Samantha estava louca, por acaso?

— Não sei se namoro para ela tem o mesmo significado que tem pra você, Levy — começou Samantha. — Porque mesmo sabendo que eu e o Erick namoramos, ela ficou com ele, acredita? — concluiu, debochada e cheia de uma raiva que, pelo jeito, ela estava sentindo pelo (ex)namorado e pela situação, e resolveu jogar em cima de mim.

— É verdade isso, Valentina? — perguntou Levy, arrasado. Droga!

— Calma, Levy, não foi bem assim...

Eu estava morta. Não ia ser nada fácil explicar isso pra ele, por mais insignificante que tenha sido esse beijo. Como eu conseguiria encarar o Levy, um cara tão bacana comigo...?

Lamentei em silêncio — por mim, por ela, pelo Levy.

— Valentina, o que ela tá falando? Sua amiga era namorada do cara... Vocês ficaram mesmo? Você teve coragem? É assim que você age, então? Você é esse tipo de pessoa?

Ele estava pasmo, decepcionado.

— Eu explico tudo, Levy... — tentei em vão.

— Não precisa perder seu tempo explicando nada pra mim, Valentina! — disse ele, já ficando em pé.

Ele nem esperou que eu terminasse meu raciocínio. Sem pensar duas vezes, jogou um dinheiro na mesa para pagar sua parte da conta e deu as costas, pegando a reta da saída e caminhando apressado, quase desesperado, como se precisasse de oxigênio e só fosse encontrá-lo longe de mim.

Eu não sabia o que pensar, o que dizer, muito menos o que sentir direito.

— Obrigada, Samantha. — Foi tudo o que consegui dizer.

— Disponha, fura-olho — respondeu ela, com ódio na voz. — Agora que eu vou pra longe, arruma outra garota pra infernizar, Valentina! Quando eu vejo que as coisas estão ruins, parece que é só o começo.

Tudo pode (e vai!) piorar. Dizem que a vida é isso aí, né? Vai acontecendo e a gente que se vire pra lidar com ela da melhor maneira. Meus olhos se encheram d'água e eu peguei a mesma reta do Levy, na esperança de encontrá-lo e falar com ele, olhar no olho dele... Mas nada. Pra onde ele tinha ido? Que droga! Por que a vida tá tão de mal comigo?

Entrei no primeiro táxi do ponto da frente do hospital e peguei meu celular cheia de raiva.

VALEN

Você contou para a Samantha do nosso beijo, seu imbecil????

A noite começou pesada e ficou cada vez mais. As horas foram passando demoradas e nenhuma notícia boa para salvar.

A culpa pesando no meu peito por causa da minha amiga em coma, e agora esse desentendimento com o Levy, que foi embora sem me deixar ao menos explicar.

Achei que eu ia desmoronar.

Não desejo isso pra ninguém. Pra ninguém. Eu queria morrer.

Capítulo 20

DEZ DIAS SE PASSARAM. DEZ DIAS DE ANGÚSTIA E UM VAZIO estranho no peito. Dez dias de Stella em coma, com melhoras lentas, algumas pioras, mas uma situação muito indefinida, que torturava minha alma. Dez dias de discussões em casa com minha mãe, que nem se abalou quando eu quis falar sobre sua fofoca com a mãe da Laís sobre minha condição, que acabou indo parar nos ouvidos da Stella e deu no que deu. Dez dias a menos para o fim do ano. Dez dias a menos para a formatura e o vestibular. Dez dias de infindáveis pesquisas no Google pra saber sobre cursos e faculdades dentro e fora do Brasil. Dez dias tentando falar com o Levy, que não conversava comigo. Dez dias de mensagens visualizadas e não respondidas. Dez dias falando sozinha no WhatsApp.

> **VALEN**
> Eu errei com a Samantha. Errei feio.

> **VALEN**
> A gente não estava namorando ainda, poxa! E eu logo me afastei do beijo! Eu REJEITEI o beijo!

VALEN

Eu queria estar com você agora, olhando no seu olho e falando tudo que eu tô escrevendo aqui.

VALEN

Levy, fala comigo!!! 🙏

VALEN

Você entende que eu afastei o Erick de mim assim que me dei conta da cachorrada que eu estava fazendo?

VALEN

Levy!!!!!!!!!

VALEN

Poxa... Fala comigo! Pooor favor?

VALEN

Levy, o que eu faço pra você acreditar em mim, pra você acreditar que eu não sou esse monstro horrível?

VALEN

Levy, me dá uma chance pra eu te explicar tudo?

VALEN

Foi mal, eu sei, mas eu empurrei o Erick. Não quis beijar o cara...

Dez dias.

Dez dias stalkeando o Instagram, dez dias checando o celular toda hora pra ver se tinha mensagem dele, dez dias correndo para pegar o telefone a cada mensagem que chegava. Para saber notícias da Stella e do Levy.

— Você anda tristinha, meu amor — disse minha avó. — Não é só por causa da Stella. É por causa do Levy também, que eu sei. Eu tenho visto que vocês não se encontraram mais.

— Você reparou mesmo, né, vó?

— A segunda pessoa de uma neta não é uma coisa assim esquecível, querida.

— Vó!

— Ué. Que foi? — perguntou ela, toda se amando e se achando a mais engraçadinha. — Ele andou aprontando com você?

Pior. Eu que aprontei com ele.

— Não. A gente só deu uma distanciada.

Ah, precisa falar de namorado que não é mais namorado com a sua avó? Não, né?

No dia seguinte, tentei de novo falar com o Levy, bem na hora que vi que ele estava on-line.

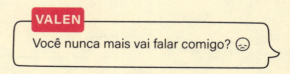

Ele visualizou. E ficou off-line.

Que ódio! Meu Deus! Custava falar comigo? Ou pelo menos me deixar explicar tudo olhando no olho dele?

LEVY
Vou levar minha mãe na casa da minha tia e posso passar aí depois.

Meu coração deu mil estrelas dentro do meu peito nessa hora. Juro. Eu senti!

VALEN
✡︎✡︎✡︎✡︎✡︎

LEVY
☺

VALEN
Que horas?

LEVY
Umas nove, nove e meia. Pode ser?

VALEN
Claro que pode! ♥

LEVY
Blz. Até mais.

Caramba, quanta frieza... Nem parecia sentir minha falta. Eu estava sentindo tanto a falta dele... Muito mais do que eu imaginei que sentiria.

Às nove em ponto, a campainha toca e eu corro pra atender. Não era o Levy.

— Desculpa vir sem avisar, mas eu preciso de você, Valen.

— O que foi que aconteceu, Erick?

— Eu preciso convencer a cabeça-dura da Samantha que a gente não tem nada que se separar só porque ela vai viajar.

Eitaaaa!

Era só o que faltava o Erick bater na minha casa para falar sobre a Samantha na MESMA HORA que eu marquei com o Levy!

Minha vontade era expulsar o menino, que tinha sido muito idiota contando do beijo para a Samantha. Mas, pensando bem, a culpa não tinha sido exatamente dele... foi ela que abriu a boca na frente do Levy e estragou tudo.

Erick estava claramente angustiado! Ele precisava falar e, afinal, tinha sido uma pessoa tão importante na minha vida... Pessoa que faz cagadas, mas quem não faz? Erick tinha bom coração, e para esse tipo de gente não dá para negar ombro. Eu acho que estava com o coração mole demais com toda a situação da Stella, mas só sei que resolvi conversar com ele.

— Ela tem que acreditar que o nosso beijo não significou nada. Eu tô tão arrependido de tudo! De ter te beijado, de ter contado... Mas também, se eu não tivesse contado, eu ia omitir uma coisa importante, e não quero mais mentir, omitir nada de ninguém, Valen.

Olha aí... Quando a gente pensa que as pessoas não mudam...

— Eu quero ser uma pessoa melhor, Valen.

Poxa, quem diria? Erick maduro e inteligente.

— Eu amo a Samantha. Me ajuda a trazer minha namorada de volta, nem que seja pra aproveitar o restinho de tempo com ela? Eu mereço, ela merece.

Deu peninha e nenhuma raiva. O ranço do Erick tinha definitivamente saído de mim.

— Por favor, me ajuda a explicar pra ela que o presente é o que a gente tem, é o que a gente conhece, o futuro ninguém sabe como vai ser e o passado é passado.

Gente... Garotos... Às vezes me dá uma preguiça...

— Tá, mas por que é que EU vou te ajudar?

— Porque você é mulher! Mulher tem esse negócio de sororidade.

— Sororidade? Ô, Erick, você esqueceu que a Samantha me odeia porque *você* contou pra ela que me beijou?

— Mas você é mulher!

— E daí?

— E daí que você pode me dizer o que tá passando na cabeça dela!

— Jura que você precisa de mim pra isso? Não tá muito claro que a Samantha tá na lama porque foi traída pelo cara que ela ama perto da viagem que vai mudar a vida dela pra sempre?

— Caraca, Valentina! Não precisa ser grossa!

— E você não precisa ser burro e insensível!

— Não dá mesmo pra conversar com você, cara!

Com essa descambada na conversa, o clima pesou, e Erick se irritou.

Isso, vai embora!, implorei em pensamento.

Ele fez que ia, mas... não foi. Ai, que nervoso! O Levy já devia estar chegando.

— Valentina, por favor. Me diz o que eu faço? Já mandei flores, ela distribuiu pra galera que trabalha no prédio dela. Já compartilhei com ela um monte de músicas do Spotify que contam a nossa história, e ela ignorou. Já mandei áudios pedindo desculpas e tal...

— Para de falar! Sei lá o que você faz, Erick! Se vira!

— Você é a única amiga que eu tenho.

— Caguei! — rebati, raivosa. — Nem próxima da Samantha eu sou para saber se ela gosta ou odeia flor. Você sabe se ela gosta ou odeia?

— Toda mulher não ama?

— Não! — gritei, exasperada com a falta de noção dele.

Ele precisava ir embora, o Levy ia chegar a qualquer momento.

Que situação, meu Deus!

Erick não só não foi embora como se ajoelhou na minha frente (você não leu errado! O maluco se jogou no chão, do nada, na frente da minha casa!) e desembestou a falar, segurando minhas mãos:

— Valen, eu não estaria aqui se não estivesse desesperado. Eu preciso que você me ajude a reconquistar a Samantha, a conseguir o perdão dela, a...

— Olha só... Parece que atrapalhei a declaração de amor do Erick pra você, Valentina.

Era Levy, de dentro do carro, em frente ao meu portão.

Meu peito esquentou. Meu corpo todo esquentou. Caramba, o destino definitivamente estava de mal comigo! Por que o Erick tinha que aparecer lá em casa?

— Não! Não! — gritei, desesperada.

— Não mesmo, cara! Eu tô aqui porque...

— Não precisa se explicar, não, Erick. Eu e a Valentina não temos nada, ela está livre para ficar, namorar, pegar quem quiser.

E meu coração quebrou-se em mil caquinhos. Eu estava prestes a perder aquele cara pra sempre.

— Levy! Não é nada disso! O Erick quer que eu ajude ele com a Saman...

Ele acelerou e saiu cantando pneu.

— Levy! — gritei com toda a potência da minha garganta. — Não vai embora! — concluí baixinho, quase sussurrando.

Que sensação de impotência. Nada que eu fizesse traria o Levy de volta.

— Desculpa, Valen.

Eu queria matar o Erick, que tinha bom coração, mas o pior timing do mundo.

— Não sei se tô a fim de te desculpar, não.

— Quer que eu te ajude? Quer que eu fale com ele?

— Claro que não! — rechacei. Mas pensei bem e... Vai que funciona? — Você falaria o que com ele?

— Que eu sou apaixonado pela Samantha, que nosso beijo não foi nem beijo, que eu só vim aqui pedir pra você me ajud...

— Tá! Tá! Faz isso! Eu não sei mais o que fazer mesmo...

— Deixa comigo!

Agradeci e fiquei olhando pra cara do Erick.

— Quer que eu ligue agora? — perguntou ele.

— Não, claro que não!

— Tá bem. Então, me ajuda com a Samant...

— Não. Liga agora sim. É 999...

Erick riu.

— Sério?

— Lógico. 999...

Ele ligou.

— Caiu na caixa postal.

Fiquei desapontada.

— Calma, Valen. Prometo que ligo daqui a pouco de novo. E se não conseguir falar eu vou na casa dele, fica tranquila.

— Tá, brigada! Uma hora você me irrita, em outra me deixa irritada por ter ficado irritada com você.

Dei um abraço forte nele. Estávamos os dois com o coração doendo. Ah, o meu estava doendo, destroçado por tudo. Nunca imaginei sofrer tanto na vida. Eu achei que não estivesse apaixonada pelo Levy, mas... Parece que eu estava enganada.

Queria falar tanta coisa pra ele... Que eu não estava suportando a situação com a Stella nos últimos dias, mas que eu nunca mais tinha vomitado. Queria contar detalhes da minha relação com a minha mãe, que estava péssima. E, principalmente, dizer como estava difícil ficar longe dele, e como era horrível não ter o apoio dele num momento tão cagado da minha vida.

Adoraria dividir com ele tudo sobre mim, ouvir os conselhos dele... Como era bom dividir alegrias e tristezas com ele... Eu sentia tanta falta disso, das nossas conversas... Mó cara legal. Perdi mó cara legal.

Depois do flagra do Levy, não tive a menor paciência de continuar ouvindo o Erick se lamentar e fiz com que ele entendesse que eu não ia conseguir ajudar com a Samantha.

— Vai ficar tudo bem, Valen. Eu vou explicar tudo pro Levy. Caramba, cê tá gostando mesmo dele, hein?

— Parece que sim. Mas só me dei conta agora, que perdi.

Capítulo 21

NA TARDE SEGUINTE, FUI AO HOSPITAL, SABER NOTÍCIAS DA Stella. Ela tinha apresentado melhoras, mas ainda estava em coma. Voltei de Uber, porque minha avó tinha precisado do motorista para levá-la a uma consulta. Eu estava quase chegando em casa quando vi o carro da minha mãe parado na rua que fazia esquina com a minha, dois quarteirões antes.

Achei aquilo muito estranho. Por que minha mãe estaria com o carro parado a dois quarteirões de casa? Será que tinha algum problema? Não resisti à curiosidade. Desci do Uber e fiz o caminho de volta a pé até o carro, e vi que estava estacionado na frente de um prédio. O que será que ela fazia ali àquela hora? Será que eu tinha confundido e não era o carro dela?

Mas era ela mesma, eu reconheci a placa. Fui para o lado oposto ao que o automóvel estava e continuei andando. Era estranho, nenhuma amiga dela morava perto da gente. Na verdade, ela falava de mim, mas quase não tinha amigas. O carro estava desligado, e ela estava dentro. Não resisti e atravessei a rua, indo até lá.

Quando me aproximei, achei, mesmo com o vidro escuro, a resposta que eu procurava. Soquei a janela com força. Ela demorou para abrir e ajeitou o cabelo, mas eu enxerguei tudo clara e perfeitamente. Meu estômago embrulhou e eu fiquei com vontade de vomitar. Soquei de novo. Meu Deus! O pesadelo em que tinha se transformado minha vida nunca ia acabar? Será que era punição pelos anos de Valentina Arrogantina, que na verdade era Valentina Tristina e ninguém sabia? A vida é tão louca... Mas só podia ser castigo. Eu sabia que tinha feito por merecer...

Aquela que atende quando eu digo "mãe" finalmente abriu a porta, após longos e intermináveis segundos, e falou com uma cara dissimulada, sonsa, falsa:

— O-oi, meu amor, o... o que você tá fazendo aqui?

— Quem é esse cara, mãe? — perguntei, vendo agora com detalhes o careca que estava no banco do carona.

— É... o médico da mamãe. Lembra que a mamãe ia ao médico hoje? Fui à última consulta, o Fernando mora aqui perto da gente e...

— Oi, tudo bem? Você deve ser a Valent... — O cara de pau ousou me cumprimentar pelo nome!

Não só não olhei na cara dele como cortei o assunto sem dó nem piedade.

— E você traz seu médico na casa dele e fica um tempão com ele dentro do carro? E o "Rio perigoso" que você tanto fala para mim?

— É verdade, filha, mas é que é muito papo. São anos de amizade! Fernando e eu nos conhecemos há mais de 15 anos!

Ela achava o quê? Que eu era uma idiota? Uma retardada? Eu tinha visto tudo!

— E você beija amigo médico na boca desde quando?!

Visivelmente constrangido, o careca se manifestou:

— Não é nada disso que...

— Eu não vou falar com você. Desculpa, não é falta de educação, mas meu problema não é com você. É com ela.

Eu fiquei chocada. Minha mãe agiu como se não fosse casada, como se não morasse a alguns metros dali! Como se não estivesse tudo errado.

Ai, porque tudo tão errado? Que dia! Que mês! Por que tudo junto? Dei as costas pra minha mãe e subi a rua bufando, andando em direção à minha casa, batendo os pés, furiosa, enraivecida, magoada... eram tantos sentimentos que eu nem sei. E ela veio atrás de mim alguns segundos depois.

Eu também estava enojada e enjoada. Sim, eu estava com nojo dela. Não era à toa que eu tinha tanta vontade de vomitar!

Era fato: minha mãe vivia uma mentira, uma enorme mentira. Uma vida de aparências, sem luz, sem cor, sem desafios, sem amor, sem paixão... Deu nisso. Fiquei com raiva.

Mas eu precisava entender o que estava acontecendo, eu precisava entender minha mãe, eu precisava, acima de tudo, me entender.

— Há quanto tempo vocês estão juntos? O meu pai sabe? Você só tá pegando ou tá gostando desse cara? — perguntei, quando já estávamos em casa.

— Quer saber a verdade? — começou, exaltada. — Eu tô apaixonada por ele há dois anos e meio.

Foi como se a notícia tivesse vindo de um estilingue cuja pedra atingiu minha testa bem no meio. Fiquei com medo de ver tudo preto. Que notícia era aquela? Apaixonada? Apaixonada! E MEU PAI? E MEU PAI?! Ela pareceu ler meus pensamentos:

— Seu pai não sabe, mas já disse com todas as letras que não se importa que eu...

— Não precisa terminar, mãe. Já entendi.

Virei as costas e subi para o meu quarto.

— Valentina?

— ...

— Você não quer me perguntar mais nada?

— Quero — rebati sem pensar duas vezes. — Boa coisa você não é mesmo, né?

— Não, Valentina. Eu não sou boa coisa. Mas eu sou boa coisa! Ninguém é vilão ou mocinho o tempo todo.

Aaaaaaaaai, que preguiça!!! Acelerei, mas ela continuou vindo atrás de mim como uma psicopata de filme americano.

— Ninguém é só bom ou só ruim, todo mundo tem lados bons e ruins, Valentina, é muito importante você saber isso.

Freei. Virei para ela e pedi veementemente:

— Chega! Para de falar! Eu não quero ouvir mais nada!

Mil pontos de interrogação dançavam rock na minha cabeça naquele momento. Eu queria entender, sem julgamento, o que leva uma pessoa a trair, a optar por manter um casamento infeliz. E o casamento? Por que existe o casamento? Casamento tem data de validade?

Agora tudo fazia sentido. Ela tinha casado *mesmo* só por interesse, eu FUI REALMENTE um golpe da barriga, não havia sombra de dúvida. Ela nunca gostou do meu pai ou de ser mãe. Ela queria só o conforto e o estilo de vida que o casamento com um homem rico proporcionava. Devia ser um inferno a vida dela e por isso ela me infernizava tanto. Óbvio que ela ia procurar paixão e diversão fora do casamento...

Caramba...

Era uma decepção atrás da outra com a minha mãe.

Dormir, verbo impossível aquela noite.

Viver, verbo inconjugável aqueles dias.

Parecia que eu ia explodir.

VALEN

Elaine, eu tô mal. Você tem um tempinho pra me atender agora? Aconteceu uma coisa.

> **ELAINE**
> O que tá acontecendo? Ou você tá na rua ou tá trancada no quarto.

— O que houve, Valen? Pela mensagem, nada de bom né?

— Ai, Elaine... Tanta coisa aconteceu ao mesmo tempo que eu nem sei por onde começar... Tá puxado lidar com tanta pancada que eu tenho tomado. Tá bem puxado. — Soltei um suspiro desanimado.

— Calma, vai me contando devagar.

E eu contei tudo para a minha querida terapeuta. Falei da Stella, da Samantha, do Erick, do Levy, da minha mãe, da minha avó, do meu pai, da escola, do teatro... Falei de culpa, remorso, maldade, ingratidão, infidelidade, inveja, egoísmo, abandono, desamor, inadequação, feiura... Acho que falei de todos os sentimentos ruins que existem na face da Terra e com os quais eu tinha tido contato naqueles últimos dias.

Elaine foi separando os assuntos e tratando um a um, como se ela fosse desembaraçando os nós que estavam na minha vida. E as coisas foram clareando e se acalmando dentro de mim.

— O ataque da Stella era principalmente com ela. Claro que ela se sentiu menos importante por você não ter dado a atenção que ela queria. E você sabe bem o que é não ter a atenção que gostaria, né, Valen? Mas aquelas questões eram da Stella, não suas. A situação foi o gatilho que fez virar a chave da raiva, da decepção e da frustração dela com o pai, com a família, e tudo veio à tona. Certamente não estava nada legal ser a Stella naquele momento.

— Entendo, Elaine...

— O motorista que a atropelou estava bêbado, Valen. Foi uma circunstância. Se ele não estivesse, nada teria acontecido. Foi uma conjuntura. Não tem como nem por que você chamar para você a responsabilidade pelo acidente. Nem a reação dela à briga foi proporcional, não é mesmo?

— Sim.

— Toda história tem dois lados, Valentina — explicou Elaine. — E a gente tem que entender que as pessoas têm motivações para fazer o que fazem, e nem tudo diz respeito só a nós. A gente não é a razão de tudo nem o centro das coisas. Sua mãe fez as coisas porque achou que era melhor daquela maneira. E você não é obrigada a achar que tudo o que sua mãe faz é perfeito só porque ela é sua mãe. As pessoas erram, sim. Mesmo que a gente sofra as consequências. Mas uma coisa é certa: os problemas dos outros são dos outros, os nossos são os nossos. E se as pessoas falham e não conseguem mudar, não tem o que ser feito em relação a isso.

— Porque ninguém muda ninguém, como você diz — falei.

— Isso mesmo. Só tem uma pessoa que a gente pode mudar: a gente mesmo!

— E se minha mãe erra mais que as outras, é a mãe que eu tenho, é isso?

— É isso, Valen.

— Ela errou tanto comigo já, tanto... Minha mãe não é legal como um dia eu achei que ela fosse. Ponto. Fácil e simples de entender, né?

— Simples, sim. Não fácil. Com o tempo você vai conseguir aprender a lidar com a mãe possível que ela é.

— Mãe possível. Gostei. Eu tenho o amor possível do meu pai e o amor possível da minha avó, que eu nem sabia que me amava! Eu olhava minha avó pela lente da minha mãe! Poxa, mas eu queria também o amor possível da minha amiga Stella e do meu namorado...

— Quanto à Stella, a gente tem que esperar. Não depende de nós ela ficar boa. Mas quanto ao Levy, que tal você tentar esclarecer mais uma vez? Mais do que explicar a situação, é importante você mostrar o que sente, Valen! Insiste, não desiste!

Boa! Era isso que eu ia fazer.

Assim que saí da terapia, mandei mensagem para o Levy.

> **VALEN**
> Oi, Levy! Senta que lá vem textão. Eu não tenho, nem tenho VONTADE DE TER, nada com o Erick. Absolutamente nada. Você nem deixou a gente explicar, mas eu quero que você acredite em mim. Ele só veio me pedir ajuda pra reconquistar a Samantha! Nada a ver com o que você pensou! Sabe qual é a verdade? Eu gosto de você, Levy! E sinto uma coisa muito bonita e forte por você. Eu não queria perder isso. Hoje acordei sentindo uma falta imensa de você, da sua calma, da sua paciência, do seu jeito slow motion de ver a vida, do seu jeito de olhar pra mim. E me toquei que preciso de você como jamais precisei de ninguém. Queria seu colo... Queria muito. Beijos

Não se passaram nem cinco minutos quando os tracinhos da mensagem ficaram azuis e aceleraram meu coração.

Ele leu! E tá digitando!, pensei, mil batimentos por segundo.

LEVY
> Por que você não pede colo pro Erick?

Eita! Não desiste, Valen! Insiste!

VALEN
> Caramba! Porque eu não tenho vontade de dividir nada meu com ele, porque eu não sinto nada por ele, porque eu tô cagando pra existência do Erick! Agora, se você quer insistir com essa história, vai fundo. Não tô precisando de mais um problema. Não MESMO! Eu só queria ter uma existência feliz ao seu lado!!!

Poxa, eu só pensava nele dia e noite! Se o Levy soubesse quanto eu estava envolvida entenderia que eu nem co-gi-ta-va a ideia de ficar com qualquer um que não fosse ele.

Eu precisava falar, e ele precisava me ouvir.

Capítulo 22

No dia seguinte, criei forças e fui à aula de teatro, a primeira depois de muito tempo. Conselho da Elaine. Eu esperava encontrar o Levy, mas ele não tinha ido aquele dia.

O Caíque abriu um sorriso quando me viu e propôs que a gente fizesse algo diferente.

— Independentemente da religião de cada um, da crença de cada um, eu queria unir forças aqui para emanar energia boa para a Stella. O que vocês acham?

— Acho ótimo! — fui a primeira a dizer, seguida de uma turma muito entusiasmada a fazer o bem de modo ecumênico.

— E eu queria que ela fizesse a protagonista — anunciou ele.

Berrei por dentro. Eu sabia que ela tinha que ser a protagonista!

— Eu sei que tudo pode acontecer, mas vamos torcer pra ela se recuperar rapidamente e poder fazer a peça com a gente.

E assim demos as mãos e rezamos com católicos, budistas, espíritas e umbandistas, cantamos com agnósticos convictos, pedimos de olhos fechados como ateus-graças-a-Deus... Foi bonito. Amor em forma de energia para nossa amiga.

Era estranho não ter a Stella na aula. Foi mais estranho ainda no fim.

— Valentina, eu queria dar uma palavrinha com você — avisou Caíque.

— Pode falar.

— Eu sei que você não quer fazer a peça...

— Eu queria fazer só o figurino...

— Mas é que... — ele pausou para respirar fundo antes de continuar. — Eu não sei como dizer isso, mas... A verdade é que... a gente in... a gente infelizmente não... não sabe como a Stella vai sair dessa e... e se ela vai ou não conseguir fazer a peça.

— Não fala assim, Caíque! A gente acabou de ter um momento lindo pensando nela!

— Eu sei, Valen. Mas eu não posso fingir que não existe a hipótese de ela não fazer.

Fiquei tão triste que cheguei a sentir meu coração diminuir de tamanho. Foi como se tivesse virado uma bolinha de pingue-pongue.

— Você aceita ensaiar de *stand-in*?

— *Stand* o quê? O que é isso?

— Substituta. Se a Stella não puder fazer, você encena como nossa protagonista, Valen. Que tal?

Glup!

O meu peito apertou de novo. Parecia que um espartilho imaginário muito do cruel estava esmagando minhas entranhas. Sugeri a Laís, que ia adorar a oportunidade. Ele ficou de pensar, mas não me pareceu convencido, não.

Assim que a aula acabou, vi que tinha uma mensagem do Levy. Meu coração quase saiu pela boca.

LEVY

Fui conversar com o Erick. Ele me ligou há um tempo, mas depois da sua mensagem achei que seria legal falar com ele pessoalmente. Até por isso não fui no teatro.

Senti meu coração pular do meu peito essa hora.

LEVY

Desculpa, Valen. Desculpa não deixar você explicar a situação pra mim. Desculpa te julgar e não confiar em você.

AIMELDELS!!! Eu queria esmagar o Levy! Meu tormento teria fim! Que bom que o Erick pelo menos tinha desfeito a cagada que ele criou!!

Outra mensagem pulou. Do Erick, claro.

ERICK

Falei com o Levy. Cara gente boa. Expliquei tudo, até o lance do beijo que não foi beijo porque você me empurrou. E ainda disse que me empurrou com nojo.

VALEN

Rs rs Mas eu tava com nojo mesmo! 😝 Brigada, tá? Tô aqui falando com ele já. Fez toda a diferença vocês conversarem.

ERICK

Magina! TMJ

VALEN

E você e Samantha?

> **ERICK**
>
> Ela tá menos nervosa agora. Topou conversa comigo mais tarde. Já é um avanço. Rs

> **ERICK**
>
> Super. Boa sorte. 🍀 E me dá notícia!

E, antes que Erick respondesse, meu telefone tocou. Mas não era ele.

— Oi, Levy! — atendi, completamente derretida de felicidade ao ver o nome dele na tela do meu celular.

— Você queria colo ontem. Tô ligando só pra dizer que o meu está à disposição. E é dos bons, modéstia à parte. Ainda tá precisando?

— Ah, Levy... Que coisa boa ouvir sua voz...

— É bom ouvir a sua também — disse, com aquele tom rouquinho que fazia dele um cara mais bonito ainda. — Vamos deixar o passado no passado?

— Amei! Combinado!

— Cê me desculpa?

— Claro! *Você* me desculpa?

— De quê, mesmo?

Ah, que garoto fofo! *Own*, e como eu merecia aquele carinho naquele momento...

— Que horas eu posso te encontrar pra você me falar de um tal sentimento forte que você escreveu pra mim ontem? E pro colo, claro.

— Agora, tô saindo do teatro. Quer me encontrar no shopping? Bora tomar um açaí no Balada?

— Fechado! Té já!

Foi uma delícia encontrar o Levy sem aquela multidão de nuvens escuras na cabeça. Ele voltou a ser meu. Tão meu...

— Quer falar?

— Quero falar não. Quero só curtir você. Você se importa?

— De jeito nenhum, quero te ver feliz, Valen.

Eu ri e ficamos de mãos dadas esperando nosso açaí. O dele com morango, o meu com banana e granola.

— Sou apaixonada pelo açaí daqui.

— E eu sou apaixonado por você — disse ele, me matando de amor.

— Você é?! — perguntei, rindo com a cara inteira.

— Eu sou.

Que paz meu coração sentiu. Eu precisava tanto de paz. E ela veio! Ô, vida, você é bem louca, mas acerta em cheio algumas vezes. Valeu!

— Quero provas! — brinquei.

— Ah, é? — perguntou, enquanto se aproximava de mim. — Duvido que alguém já tenha te dado um beijo mais apaixonado que esse aqui.

E a gente beijou o beijo mais apaixonado que eu já tinha beijado.

— Hum... Você tem toda razão, beijo ótimo, tá de parabéns. Os seus pais estão trabalhando a essa hora, não estão, Levy?

— Estão, sim, senhora. Por quê?

— Pensei em terminar esse beijo na sua casa...

Valentina Decididina e Bem Resolvidina. Tá? Sou dessas agora.

Entramos no carro no estacionamento do shopping e logo ele ligou o som e botou pra tocar uma música que eu adoro:

"Forever", do Ben Harper. E chegou junto e me puxou pra um abraço com uma pegada de jeito na minha cintura. Agarradinha, sentindo o cheiro da nuca daquele cara tão bacana tudo ficou tão mais bonito...

— Já que a gente meio que deu uma terminada e tá voltando... Você... você quer voltar a namorar comigo?

Eu queria morder o *cabelim bonitim* essa hora!

— Eu nunca deixei de namorar você, Levy. Não dentro de mim.

Valentina também sabe ser Fofina e Romantiquina, tá?

E ele me beijou. E me beijou mais.

De repente, nosso beijo foi interrompido por uma mensagem que pulava no celular, no grupo do teatro:

— A STELLA.

— Ai, meu Deus!

E voamos para o hospital.

A HISTÓRIA DO ESPARTILHO

O espartilho — ou corset — surgiu por volta do século XVI na Inglaterra com o objetivo de manter a postura e dar suporte aos peitos da mulherada. Somente por volta do século XIX, graças à invenção dos ilhoses, a atenção foi voltada para a cintura e teve início a era das cinturas minúsculas, praticamente impossíveis.

Em 1901, quando inventaram o sutiã, o espartilho ficou pra trás e deu uma morrida básica. Mas, na década de 1930, ele começou a ser usado pelas pin-ups e voltaram a chamar a atenção. No final da década de 1940, o espartilho se tornou uma espécie de fetiche. Pulando 40 anos, chegamos aos coloridos anos 80 e vemos alguns estilistas trazerem de volta peças do passado, como o corset. Parece que esse revival não durou muito, em 1990 poucos espartilhos apareciam nas coleções de estilistas famosos. Mas, em 2010, o espartilho voltou a bombar.

Do século XVI para cá, os espartilhos mudaram bastante. No início, segundo meu professor (e um pouquinho a Wikipédia), eles eram feitos com tecidos muito engomados, reforçados com junco e cordas engomadas. O seja, eram pesados e desconfortáveis, ao contrário dos usados atualmente.

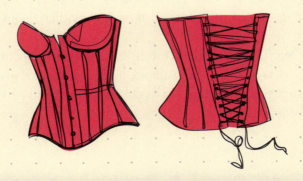

Capítulo 23

— A STELLA ESTÁ ACORDANDO! — gritou dona Adma, assim que viu a gente chegar. — Ela ainda tá ligada aos aparelhos mas já começaram a diminuir a sedação... Minha menina tá acordando — concluiu, lágrimas nos olhos.

A Stella estava acordando! A Stella estava viva e bem!!

— A gente... a gente já pode conversar com ela?

Eu tinha uma mistura de alegria, vontade, medo e ansiedade em relação a conversar com a Stella. Se tem uma coisa que eu queria era que ela me entendesse, entendesse meus motivos para não ter contado para ela, em vez de seguir tão turrona e cheia de raiva... Eu não estava preparada para levar mais bronca. Será que ela ainda lembrava? Será que a gente ainda era amiga?

— Ainda não, querida. Só em filme as pessoas acordam do coma e saem falando como se nada tivesse acontecido — explicou dona Adma, rindo.

Que delícia ver a mãe da Stella rindo! De repente, ela me puxou para um canto e veio me falar no ouvido que queria que eu fosse ver a Stella.

— Minha menina gosta muito de ti. Vai ser importante pra ela sentir tua presença lá. Ó, não se assusta não porque ela ainda tá grogue, acordando... Mas... ela falou "mãe". Eu entrei e ela falou: "Mãe. Valentina!"

— Verdade?!?! Ela falou meu nome? — Pulei de alegria por dentro!

Dona Adma me deu um abraço apertado e cheio de esperança antes de eu entrar silenciosamente no gélido e impessoal quarto da UTI onde minha amiga estava. Eu batia os dentes. De frio, de medo, de nervoso, de apreensão... Que cena péssima: sua melhor amiga entubada, com agulhas enfiadas nas veias. Mas ela estava de olhos abertos. Debilitada, ainda inchadinha, mas viva! Viva!

— Stella?

Nenhuma reação. Respirei fundo e tomei coragem pra me aproximar. Aquela Stella que não era a Stella. Muda, inanimada. Parecia que só o corpo dela estava ali. Por isso precisei respirar fundo. Porque tive a sensação de que eu nunca mais veria a minha Stella. A minha doce, alto-astral, adorável e sempre sorridente Stella.

— Stella, você... — Então peguei na mão dela. Tão fria, tão frágil... — Você consegue me escutar? Se sim, aperta a minha mão, vai.

E ela apertou! Ela apertou!!!!!

— Posso gritar?

E ela apertou mais forte ainda. Aaaaaah! Era a minha Stella! Ela ia voltar a ser a minha Stella? Ela ia voltar a ser minha Stella!!! Com uma, duas, mil exclamações.

— Você... Você lembra que foi lá em casa antes do seu acidente? Você sabe que sofreu um acidente? Você... Ai... Desculpa... Calma. Você não consegue falar ainda não, né? Pera. Vamos por etapas. Aperta minha mão se lembrar que foi lá em casa.

Ela apertou.

— Lembra que a gente discutiu? Aperta.

Ela apertou.

— Me desculpa?

E nessa hora ela não apertou a minha mão. E enquanto eu pensava mil coisas ruins... Ela fez que sim com a cabeça. Ela mexeu a cabeça!

— Eu não acredito! Você me perdoa? Ai, Stella, que alívio, eu...

— De-cul-a — tentou falar.

Stella tentou falar comigo!!! E estava claro, era um pedido de desculpas!

— Ô, amiga, não precisa se desculpar... Eu quero que você me desculpe. Mas não fala nada, não! Não força.

E então ela fechou os olhos e a mão perdeu a força. Nada de pânico. Ela só tinha pegado no sono de novo.

Eu estava renovada, parecia que eu tinha tomado um banho de cachoeira cheinho de axé.

Saí do quarto e falei alto para todos:

— Ela falou comigo!

— O que ela falou? — perguntaram todos.

Ah! Que boca gigante, Valentina! Pra que eu fui dizer pra todo mundo que ela falou? E agora, o que eu respondo?

— Não entendi direito, mas acho que era uma coisa legal.

Disfarcei, alguns riram, outros nem isso. O dia terminou e Stella continuou de olhos bem fechados. Mas tudo bem, era uma evolução.

— Ela não corre mais risco de nada agora? É isso? — perguntou Levy baixinho para Laís.

— Pelo que entendi e pelo que o Doctor explicou, ela agora tem só que ficar de repouso total — explicou ela.

— Resumindo: o pior já passou — acalmou Doctor. — Agora é uma pequena vitória a cada dia.

— Entenderam? Minha menina tá de volta, gente! — gritou dona Adma, ignorando a lei do silêncio dos hospitais, comemorando como se o Brasil tivesse ganhado a Copa do Mundo.

No dia seguinte, eu estava de novo lá no hospital e minha amiga já estava bem mais acordada. O médico deixou mais gente da turma entrar no quarto dessa vez. Além da dona Adma, entraram Laís, Levy e eu por último. Um de cada vez, porque UTI não tem essa coisa de entrarem várias pessoas ao mesmo tempo como um quarto.

— Pode chorar, eu deixo — disse Stella, com a voz meio grogue. — E vem logo me dar um abraço que ontem eu só queria dormir. E apertar sua mão, claro.

E então, com o coração a mil, eu fui correndo até ela. Eu não acreditei que estava abraçando a Stella de novo. Respirei aliviada.

— Que susto, né? — disse ela, puxando assunto.

— Cê acha? — brinquei.

— Desculpa...

— Pelo quê? Tá doida?

— Justamente porque não estou doida que estou te pedindo desculpas. Ontem eu tentei, mas não lembro se consegui.

— Conseguiu, sim!

— Eu não tinha o direito de falar daquele jeito com você, Valentina. Desculpa. Por favor, me desculpa.

Aí foi que o choro veio mesmo. Não foi um delírio, ela realmente estava arrependida de ter me tratado tão agressivamente. Que maravilha saber que tudo estava bem entre a gente. Que alívio!

— A vida é sua, o corpo é seu e a cabeça idem. Fale suas coisas pra quem você quiser, mas fale. Só de falar a gente já se ajuda.

— Eu sei, Stella... Eu sei... — concordei, chorando.

— Ei, não exagera no choro, vai! Porque aí eu choro junto e não sei se é recomendável chorar depois de um comazinho básico.

Rimos juntas.

— Não sei se é recomendável rir também, mocinha! — comentei.

— Mas fala, você tá bem?

— Tô bem, sim. Bem... com dor... — revelou, soltando um risinho sacana. — Pouca dor, na verdade. Mas tô chocada com tudo. E me sentindo uma bêbada falando, mas nada que uma fono não resolva. Caí de boca no meio-fio, a boca tá bem ferrada, mas vou melhorar e ficar curada e com a dicção maravilhosa.

— Assim que se fala! — Então me aproximei dela e disse bem pertinho do seu ouvido: — Eu acho bom você ficar boa logo porque se você não fizer a peça como protagonista, quem faz é a Laís.

Stella arregalou os olhos, expressivos e brilhantes mesmo em um quarto idiota de hospital.

— Não! Ela é péssima! — disse minha amiga.

Eu ri alto. Como eu amava aquela garota!

— É sério isso? Eu ficando boa o papel é meu? — perguntou, sorriso no rosto.

— Arrã! — respondi sorrindo com a cara toda.

— Sou eu que vou ser a protagonista dessa peça! Será que tem fono de bobeira agora no hospital?

— Sossega, *mulé*! Uma coisa de cada vez, tudo no seu tempo. Sua recuperação tem tudo pra ser ótima, mas você precisa respeitar seu corpo, as ordens do médico...

— Tá bom, tá bom! Mas avisa pro Caíque que eu tô voltando!

— Calma, Stella, sua saúde é a coisa mais importante agora.

— Agora tenho mais um pretexto pra melhorar rapidinho! — comentou Stella.

— Isso! — concordei.

Saí de lá feliz, leve, quase saltitante. Fui correndo pros braços do Levy, que me abraçou, aliviado. A avalanche, enfim, parecia ter chegado ao fim.

A minha vida ia, finalmente, ter paz.

Capítulo 24

OS MESES VOARAM E O FIM DO ANO CHEGOU COM NOVIDADES, como o divórcio dos meus pais. É, eles resolveram se separar, o que, confesso, me deixou aliviada. Eu torcia pela felicidade dos dois e já não via isso entre eles há um bom tempo. E fiz ambos prometerem que um não faria restrição nenhuma para o outro me ver e ficamos combinados assim. Apesar de tudo, somos uma família civilizada, na medida do possível, claro.

Eu e minha mãe nos entendemos, também na medida do possível. Vamos definir direito esse "eu e minha mãe nos entendemos": ouvi muito mais do que eu gostaria (minha mãe fala pelos cotovelos) e falei muita coisa também, mas não falei mil outras coisas que a Valentina pré-terapia certamente teria falado. Por quê? Porque se eu falasse mais, a conversa não acabaria nunca. E entendi que não fazia sentido ficar batendo boca com a minha progenitora sobre valores, respeito, o que acho certo e o que acho errado. Ela tinha a opinião dela, eu a minha. Por sermos mãe e filha, precisamos concordar em tudo? Não, né? Cada um é cada um. Simples assim.

Sigo vivendo um dia de cada vez na pele dessa nova Valentina, que se ama do jeitinho que é. Dobrinhas nas costas? Celulite? Coxa que roça uma na outra? Bochechas? Tenho. Tenho tudo. E é tudo excesso de gostosura, não gordura vexaminosa, como eu já cheguei a pensar (que vergonha...).

Todos os dias, eu comemoro cada não vontade de vomitar, e isso é uma grande vitória. Na terapia, percebi que eu não tinha mais vontade de vomitar porque estava aprendendo a lidar com meus vazios. E mais: a gostar deles, a entender que tudo bem eles ficarem vazios, como sabiamente me explicou a Marcia quando me deu aquele livro... É libertador viver entendendo que esses vazios são nossos. Não quero preenchê-los com machucados, vômitos, bebida, drogas ou qualquer outra coisa que faça mal e/ ou só os tape por fora. Eles que me preenchem do jeito que são. Vazios, sim, mas que me fazem sentir completa. Viva a terapia e viva Elaine, a psi que me salvou de mim.

Erick e Samantha voltaram às boas, mas não como antes. Depois do episódio do beijo que não foi beijo e depois que ela e o Erick voltaram, nós duas conversamos, nos abraçamos, nos perdoamos de tudo que tinha pra ser perdoado. E fiz com ela o mesmo que fiz com o Levy: combinei de deixarmos o passado no passado. Para construir uma história do zero. A partida dela para Portugal foi doída para todos. A tristeza dos dois dava dó na gente. Eles estavam juntos, mas se despedindo, talvez por isso o namoro tenha ficado tão insosso. Cada dia vivido era menos um dia pra mudança dela.

E tivemos nossa festa de formatura, que foi uma despedida não só da Samantha, mas geral, de todos para todos. Puxa, nunca pensei que um momento pudesse ser tão feliz e triste ao mesmo tempo! Quantos dias bons vivemos juntos, quantos dias difíceis enfrentamos juntos também. Como nos ajudamos, como nos atrapalhamos, como crescemos e amadurecemos. O ensino médio é um tempo muito particular! E agora cada um de nós vai partir para seu destino particular. Todo mundo prestou vestibular e aguarda os resultados com ansiedade.

Erick fez um discurso especial para a Samantha, todo emocionado, dizendo que estava sentindo a pior dor de amor que ele já tinha sentido. Todo mundo chorou com ele. Ao fim, ele pediu para o DJ tocar "Can't Help Falling in Love With You", com o Elvis cantando, e dedicou pra Samantha. Foi lindo. A gente chorou rindo.

A festa também teve seus babados e fofocas. Não sei se pela bebida, pela despedida ou se por desejos há muito reprimidos, mas Davi, o nerd preferido da escola, deu uns pegas no Zeca. Fiquei surpresa! Nunca imaginei os dois como casal, achei que eram amigos demais para misturar as coisas. Bom, se vai dar liga ou não, só o tempo dirá. Laís e Orelha tiveram um susto, sofreram e ficaram tensos e quem soube ficou também. A menstruação dela atrasou e jurávamos que ela estava grávida. Mas para alívio de ambos (e de geral, acredito), foi só um atraso bobo, e ela menstruou justo no dia da festa! Tetê continua namorando firme com o irmão do Davi, que ela chama de Duduau, e segue sambando na cara de quem deixa de usar roupa justa porque se acha acima do peso. Sou #Time-Tetê pra sempre. Ela nem sabe, mas inspira muita gente (eu incluída no meio dessa gente, claro).

Nossa peça de teatro finalmente estreou. A Stella ficou sem nenhuma sequela do acidente, só umas cicatrizes (que ela já quer tatuar), e sua estrela brilhou como protagonista, mesmo sendo apenas dois dias de apresentação. Um produtor de elenco, que é a pessoa que escala atores e atrizes de filmes, peças, séries e novelas, foi ver o espetáculo a convite do Caíque e, quando terminou... chamou a Stella para um teste!!! E para um papel no cinema, o sonho da vida dela!!!! Resultado, tchã tchã tchã tchã... Ela vai rodar um longa no ano que vem!!!!!! Borboletas deram cambalhotas dentro do meu peito quando ela me contou. Não bastasse o emprego, seu primeiro trabalho como atriz, sua mãe decidiu trabalhar menos para ficar mais com o caçula da família. Stella era a pessoa mais feliz do mundo.

— Eu vou virar atriz! Atriz de verdade!

— Não, não, Stella. Você já é atriz de verdade, agora vai só ser remunerada por isso — disse Caíque, enquanto era esmagado por uma Stella muito animada mesmo no segundo e último dia de espetáculo.

Acabei fazendo o figurino da peça, e confesso que ele deixou a desejar. Meu fim de ano foi bastante turbulento, óbvio, e não consegui me entregar totalmente à função de figurinista, o que me deixou um pouco frustrada, assim como a maioria das atuações, mas Laís surpreendeu e Levy se mostrou um superator, pacote completo: talentoso, lindo e carismático.

Falando em Levy... Ai, ai... Quer saber a verdade, cá entre nós? Mas aqui entre nós mesmo? Há pouco tempo, no ano passado mesmo, eu tinha certeza absoluta de que nunca mais amaria ninguém como amei o Erick. É muito doido pensar que hoje ele é só uma remota (e muito lindinha, claro) lembrança do passado (passado recente, vale frisar). Chega a ser hilário pensar nisso agora, mas na hora foi sofrido pra caramba. Eu realmente achei que o Erick era o amor da minha vida toda até conhecer o Levy, que chegou de mansinho e me fez apaixonar. E eu amo meu *cabelim escorridim* como nunca amei ninguém!

É impressionante como um ano faz a maior diferença na vida da gente e a gente nem suspeita. A adolescência é a fase da intensidade, como diz minha sábia avó, com quem continuo mantendo uma relação de carinho, risadas e discussões, cada vez menos discussões e mais carinho. Eba! Tudo é muito intenso, tudo é intenso bagaraaaaaai, como ela solta de vez em quando só pra me fazer rir, tudo é forte e profundo.

Quando a gente tem 15, 16, 17 anos, um amor, que pode ser só mais um amor, vira o único possível da vida, e sem ele e com o coração partido, fica parecendo que o amor nunca mais baterá à nossa porta. Parece doideira. Mas que adolescente não é meio doidinho, na melhor concepção da palavra? E nesses últimos e intensos meses, aprendi que a vida, ao contrário do que dizem, é enorme e frágil, muito frágil, e é a gente quem a faz feliz. Estamos aqui para amar, crescer, evoluir, perdoar...

Suspiro básico porque deu vontade de suspirar e pensar no futuro. Ah, o futuro...

Meu futuro, pelo menos o mais próximo, vai ser o seguinte: fiz vestibular e passei para Design, na PUC, que eu vou começar a cursar no segundo semestre, porque no primeiro eu vou fazer meu workshop sobre moda em Paris, aquele que eu tanto queria! Aproveitei e me matriculei na Aliança Francesa de lá, para um intensivão. Se eu vou trabalhar com moda, preciso falar francês, e já passou da hora de aprender.

Para minha surpresa, meu pai e minha avó decidiram ir comigo, mas juraram não ficar no meu pé. Pensa que estou achando chata a companhia? Neeeem um pouco. Estou amando! É, as pessoas mudam. Os dois conhecem a capital francesa como a palma da mão, então vai ser um luxo turistar pela cidade com eles quando eu não estiver estudando. Nós vamos ficar um mês na França, sediados em Paris, mas com direito a voltinhas em Lyon, onde mora a Ivna, uma amiga do papai da época da faculdade, e também na Provence e no Vale do Loire.

Há séculos eu não viajo com meu pai! Ele, aliás, diminuiu o ritmo de trabalho desde a minha esofagite, que está totalmente curada, com a bênção de Deus e do médico bonitão. Até estudar comigo sobre história da moda meu pai estudou. Estava todo interessado em mim, queria correr atrás do tempo perdido, como ele mesmo disse. Ao contrário da minha avó, que sempre implicou com meus cursos, ele me ajudou a pesquisar o que eu poderia fazer em Paris para otimizar ao máximo a viagem.

O mercado da moda é concorrido, mas, se minha família tem condição de investir na minha educação, por que não? Que venha então Paris, com todas as maravilhosidades que aquela terra tem, com tudo o que eu posso aprender sobre moda, dentro e fora de sala de aula, visitando museus, andando na rua e observando os parisienses.

Capítulo 25

MEU PAI E MINHA AVÓ JÁ BEBERICAVAM O CHAMPANHE QUE servem aos passageiros na classe executiva do avião quando chegou a pessoa que ia sentar na poltrona ao lado da minha. Era um garoto alto, com moletom da Abercrombie, calça jeans e All Star roxo, de courinho, e com um cabelo lindo de morrer. Devia ter uns 19 anos, no máximo.

— Brasileira? — perguntou ele.

— Levy?! Eu não acreditoooo!

Que surpresa maravilhosa!! Levantei na hora e voei no pescoço dele!

— Pai! Vó! Olha quem tá aqui!!

— Oi, Levy — falaram juntos e na maior naturalidade.

— Que foi? Vocês sabiam?

— Claro, Valentina! Eu e seu pai não damos ponto sem nó, não! — falou minha avó.

— Valen, não se anima tanto, tá? Eu não vou ficar a viagem inteira, só dez dias. Foi o máximo que consegui. Mas é melhor que nada, né?

— Muito melhor que nada, meu amor! — reagi, derretida.

— Ei, ei, ei! Dá pra beijar só quando eu estiver dormindo? Brigado — pediu meu pai bocó.

O avião decolou e, em pouco tempo, estávamos voando muito alto. Enquanto eu olhava para tudo tão iluminado e pequenininho lá embaixo, só pensava que pode ser cafona, que eu posso ter odiado e debochado de todos os posts com essa palavra, mas a verdade é que eu, naquele momento, era pura #gratidão. Por tudo, principalmente por entender uma coisa bem simples: a vida é boa. A gente é que complica. Ô, se complica. Partiu descomplicar!

Também fiquei pensando que este foi o grande ano da minha vida. O ano em que eu passei a me conhecer melhor, a me entender melhor. O ano em que vi que tudo pode dar certo, sim, é só a gente não mentir para a gente mesmo e pensar positivo, sempre. Aprendi a perdoar, a relevar, a dar o peso certo para as coisas. E aprendi a me amar de verdade. Porque só dá pra amar alguém de verdade quando a gente se ama. E eu não me amava. Eu não tinha ideia de como é bom me amar.

Eu estava distraída olhando as nuvens, mas Levy delicadamente virou meu rosto e me disse olhando bem dentro dos meus olhos:

— Ei, Valen: você é linda! Por fora e mais ainda por dentro.

Eu nem argumentei. Tinha chegado a hora de aceitar (e achar o máximo!) que o garoto que eu amava me achava linda.

É... Um belo dia, a garota que acreditou que ser popular era o bastante para ser amada, aprendeu que aquele era um amor falso, pueril, superficial, artificial, de aparências. Com esse "amor" ela entendeu que continuaria tão infeliz quanto vinha sendo. Então, resolveu mudar. Entrou em um relacionamento seriíssimo com ela mesma e percebeu que o melhor amor é, indubitavelmente, o amor-próprio.

Só ali, naquele avião, consegui entender que a felicidade estava batendo à minha porta. Mas será que não tinha batido antes? Talvez, mas eu estava ocupada demais tentando aparentar que eu era feliz e não escutei. Ou não quis escutar.

Uma coisa eu garanto: a Valentina de agora nunca mais vai fechar os olhos e os ouvidos para nada.

Agora estou aberta e quero mostrar quem eu sou ao mundo, com meus defeitos e minhas qualidades.

Felicidade, vem, que eu te quero mais que tudo!

AGRADECIMENTO

Um muitíssimo obrigada ao meu amigo e gastro mais gato e competente do mundo, José A. Flores da Cunha, que me ajudou pacientemente a sanar as minhas pouco mais de mil dúvidas sobre transtornos alimentares. Você foi incrível, Zé.

Elaine Chagas, a terapeuta da Valentina tem seu nome e não é à toa. Além de fazer tão bem pra mim como psicóloga, você me ajudou muito falando sobre adolescentes que sofrem com distúrbios como o da protagonista. Você é a melhor consultora que eu podia ter. Muito, muito obrigada. Por tudo.

Alessandra Ruiz, minha Alê, a melhor e mais paciente agente do mundo, não sei o que seria de mim sem você. Obrigada por entender meus medos, minhas angústias e meu choro desenfreado no decorrer deste livro. Obrigada por me fazer uma escritora melhor a cada trabalho e por me aturar sempre com um sorriso no rosto e um emoji de coração no WhatsApp.

MINHAS IMPRESSÕES

Início da leitura: ____ / ____ / ____

Término da leitura: ____ / ____ / ____

Citação (ou página) favorita:

Personagem favorito: _____

Nota: ✵✵✵✵✵ ♡

O que achei do livro?

Este livro foi impresso pela Ipsis, em 2025, para a Editora Pitaya e deixou o editorial com vontade de rever *Patricinhas de Beverly Hills*. O papel do miolo é pólen natural 80 g\m², e o da capa é cartão 250 g\m².